草木人心

《深圳文典》

倾心辑录大浪淘沙始见金的珠贝美文

展示彰显深圳城市精神和品格的大我之作

筹谋时代精神和明日华章的深圳表达

深圳文典

丛书主编／陈寅

草木人心

厚圃／著

深圳报业集团出版社

总序

历史是最好的教科书，也是最佳的营养剂。

1979年7月8日，蛇口半岛开山炮响。一时间，深圳上空电闪雷鸣，密集地从天边杂沓而至。南海潮急，伶仃洋惊涛拍岸……仿佛它们要为这片沧桑且沉默的土地，强注生命活力和奔腾乐章。

“时间就是金钱，效率就是生命。”一种前所未有的标语，在数千年板结的土地炸响。观念革新不约而同成为此间人们最重要的精神呼唤与灵魂内核。

“二千里往回似梦，四十年今昔如浮。”[1]为了探索和开辟前无古人的经济特区，丰富自己的物质和精神生活，各个时期的深圳人都作过许多贡献，留下了不可磨灭的印记。多年以后，当我们目睹以万亿为计量单位的经济生成，一个边陲小镇嬗变为对标纽约、东京、巴黎、伦敦的中国一线都市，我们，究竟能感悟到怎样的城市能量与文化实践?

荡漾于南中国海的深圳湾，恣肆汪洋接纳了东西南北风，因为它们，最有欢欣雀跃的心灵。从特区成立伊始，四面八方的移民为这座年轻的城市带

1. “二千里往回似梦，四十年今昔如浮”出自宋代诗人范成大《送举老归庐山》，感慨时光流逝。

来了丰富的、充满活力的文化因子，各种文化观念在这里交互激荡。深圳经济特区所沉淀的物质和精神财富，正是每一程歇息中、每一眼回眸里、每一步征途上的巨量矿藏。

2021年，时逢中国共产党百年华诞，深圳报业集团出版社秉承主流出版机构的担当，呼应新时代的要求，踵事增华、盛意拳拳，推出《深圳文典》丛书。一曰顾盼历史，倾心辑录大浪淘沙始见金的珠贝美文；再曰铺叙当下，展示彰显深圳城市精神和品格的大我之作；三曰式瞻未来，筹谋时代精神和明日华章的深圳表达。

顾盼历史，初心如磐。深圳本土文化人和第一代移民是深圳精神的拓荒者。穷心南方以南，倾力扎根深圳，他们用精彩文字记录了经济特区艰难而雄放的创业初程。打工体验、移民历程、青春奋斗、城市生活、网络联结……凡此种种，无不缘起于比虚构更精彩的城市故事，并于多样中存在，在流动中发展，从融合中前进。蓦然回首，这片深情的土地仍然激荡着后辈心扉的筚路蓝缕之跫音。

铺叙当下，弹指芳华。编撰《深圳文典》的我们认为，人的认知是一个互相联系、又互相影响的总体。随着知识的掌握与认知的扩充、深化，会带来社会与文明的进步。《深圳文典》将是文艺的、人文的、社科的典籍荟萃。藉此大数据时代，这套文典也将提供值得借鉴的宏观叙事方式，避免信息碎片化，重视思想与实践的关系，构建有关深圳叙事的发见和创新话语。在新世纪里，精神求索者都有一个梦想，让思想本身充满创造力、创新力。

式瞻未来，文脉不绝。根本在于一代代深圳人以典籍为媒、薪火相传；以迭代赓续的波澜壮阔的大特区为坐标，纲举目张，分则独树一帜，集则琳琅满目。与中国改革开放同频共振的深圳写作者致力于弘扬“敢为天下先”的社会与文学观念，张扬“该做就去做”的新的人文精神。

“蓬莱文章建安骨，中间小谢又清发。”[2]《深圳文典》，萌之于特区热土，立之于湾区潮头，为深圳这座年轻城市打上了无限文化魅力和巨大文

2. “蓬莱文章建安骨，中间小谢又清发”出自唐代诗人李白《宣州谢朓楼饯别校书叔云》，表达了豪放与自然和谐统一的境界。

化能量的烙印。深圳的文化担当意识与文化创新实践，不啻是一城一地的文化探索，更是文化强省、文化强国的深圳实践。

总有一些文字记录并抒写着时代奋进的人们，以及每个个体的理智与情感温度。深邃、灵动、悲欣、凉热……藉此打开的不仅是我们的触感，还有我们的灵魂之窗。优秀的典籍，既是文明时代的共享记忆，也是我们与历史的精神烛照。

我们对以《深圳文典》为名记录这个既拥抱当下、又承载希望的时代怀着深深的敬意与礼赞。不管多少年以后，当我们安居此城一隅，每当我们翻阅《深圳文典》，谈论或者温习一代又一代深圳人闯与创的心路旅程，这些被时光镌刻的篇章，或许能脉动着超越城市天际线的眼界，并引人回味。

陈寅

2021年8月26日

序

一卷韦编寸草心

韩杰

厚圃在一次接受媒体专访时说过，他是文化上的杂食主义者，又写作又画画，收藏、书法、摄影，不一而足。尽管爱好很多，窃以为写文章是他的“脚色”。他出版小说集《只有死鱼才顺流而下》时，笔者曾赋七绝以贺：“一卷韦编寸草心，白云行处尽乡音。微言大义彰邹鲁，力种情田岁月深。”今其随笔集又将付梓，读之颇有感触，情不能已，敷楮搦管，略抒所怀。

《草木人心》文集寄意深微，挖掘生活中易被忽略之细节情致，丝丝缕缕释放人性之光，读来似一篇篇心灵绘本，一幅幅人文画卷。它不是应命之作，也不是应酬文章，而是作者对草木、亲友、故园的倾心抒写，是生命沉潜下来的重温、梳理和审视，是精神层面上的自我超越与升华。这些篇什画作，大多是从厚圃曾发表在报纸、杂志上的专栏中精选出来的。文也画也，可读可看，文画交融，非有“意义”即有“意思”。谈笑中带有几分端肃，揶揄中寓含着一点哲思，于风轻云淡处传递志趣性情，于字里行间流淌出涵养与底蕴，于一草一木中掩蔽着精神的辽阔，信手翻阅便足以动人。

其一，故园渊源，浮生若水。出生于潮汕平原的厚圃以为贴近故乡的书写是一种自觉，对乡土的眷恋犹如重返精神家园。“潮人精神”的内核就是感恩，斯文斯画即寄托他对传统文化的依恋，把故园之恋、浮生之情注入笔端，写家乡山水，钩沉儿时记忆，倾注赤子真情，彰显人文情愫，在时空、地域上传承文化根脉。《人在草木间》写乡情，《兰香》写母子情，《醉石》写父子情，《那边》则写祖孙情，文章情感率朴，真切动人。

其二，骈散不拘，格套随意。作者把在童年时的记忆和平日里所见所闻，即兴偶感，随意偶录，“无意文”却有“真意味”。作者善于观察和捕捉生活细节，写出了真实感、现场感、画面感，具有原生态的味道。虽是随手拈来的有趣故事，却也是有温度的生活现场，处处闪现其独特语言和散文能工的本事，山川风色、史迹风情、遗闻逸事，无不具焉。如《潮汕的新年》勾勒了一幅历史风俗的乡土画卷；《故乡的五月节》《花灯》则唤起人们的怀旧情感，引发读者去感悟人生、感发心性、感知风俗、感育伦理，以其渊厚质朴之气为其主宰，无纤毫轻俗庸陋之习，使这部文集具有“文学存在”的价值和自己的“美学特征”。

其三，独抒性灵，独到颖悟。显而易见，这部随笔集的文学主张是以写生灵为主旨，阐释生机生趣之至理。在作者笔下，一切生灵皆充满生机、生意、生趣，乃天地之大美而物灵而至情也。生之美是其一切之核心之精髓，作者对事物的独到颖悟和审美发现，从小的视角切入，记虫、鸟、鱼、蟹，话莲、竹、花、木，于不经心处勾画出它们的“草木一秋”。在《爱莲说》中作者旁征博引，从佛教谈到道教，从作家谈到画家，从人世谈到故园，最终落足于祖母寿宴上那道“清甜莲子汤”……点到而止，寓意悠长。

其四，腹笥渊然，略觇风度。不必溢美，厚圃不为功利所役，也不为世俗所蔽，文章气味醇而不薄，风致高而不俗，此盖天赋，非可假借者也。行文从容、真率、轻灵；深至、挚切、厚重。不浮藻、不俗套、不轻薄、不堆垛、不矫揉。伉爽而无粗豪气，儒雅而无头巾气。展其集，可知也。文如其人，信而有征。文心才笔，志洁言馨。阅其文，精义妙谛；赏其画，悦心动性。美善之境，尽显无遗。

文章赏会，事最精微。拙文粗浅，无能为役。寥寥数语，自然难得其大要，仅可一窥作家、画家裹藏着的真谛与密码。其佳处触目皆是，无俟揆度。果何以佳？作品自会言说。

目录
CONTENTS

微物赋

第一辑 生灵

爱莲说

清少纳言的《枕草子》里谈到过浮出水面的莲叶，随风摇曳之姿赏心悦目，也谈到她在菩提寺听“结缘讲”的一件趣事——有“人儿”托言“快快回去，寂寞难耐”，她竟在莲花瓣上写起诗来：“君难求兮促侬归，莲花瓣露犹泫，何忍离斯兮俗世侬。”真是别出心裁而又浪漫透顶。应该说，莲也是令中国文人不吝笔墨的植物之一，只不过囿于每个人的际遇感悟，所要表达的情感也有所不同。李清照以一句“红藕香残玉簟秋”道出冷清寂寥的心境，而王昌龄的“荷叶罗裙一色裁，芙蓉向脸两边开”，则发出采莲少女与绿荷红莲浑然一体、人花难辨的感慨。就连大画家石涛也忍不住要为莲花吟唱：“荷叶五寸荷花娇，贴波不碍画船摇；相到薰风四五月，也能遮却美人腰。”现代作家也爱莲，朱自清先生的《荷塘月色》收入了我念书时的课本，多年后才发现原文的有些字句，在彼时因不合适而被删除，其时作者已经作古，有什么样的想法不得而知。我觉得《荷塘月色》虽好，里面的情感表达稍嫌浅显直白，且有雕琢之痕，不若孙犁先生的《荷花淀》清新自然，殊为难得的是把战争写得如此风轻云淡。汪曾祺先生笔下的莲花也好，寥寥数百字，便活活泼泼地勾画出它们的“草木一秋”。

中国人素来喜爱莲花，家乡此风尤炽。家乡有山，其势奇伟，五峰高

世上清凉

耸，层层环拱，形若莲花，故名莲花峰。清嘉庆海阳人郑昌时，曾在其所著的《韩江见闻录》里极力赞美此峰："藕于饶（即饶平），蕖于海（海阳），华于澄（澄海），合沓峭削，高出烟霄，郡之文峰也。"晴空万里，莲花峰风姿毕现，含苞待放，而遇云雾缥缈则若荷塘氤氲，菡萏袅娜，绰约蕴藉，如此胜景早就被无数文人墨客写进了诗词歌赋里。潮汕的长街短巷，庭院深处，处处种有莲花，不知与此峰有关否？也或因当地信佛者众——莲花被视为佛教的象征与圣花，佛经将佛国称"莲界"，佛教以莲花喻佛法，故有妙法《莲华经》。佛祖观音也常坐莲台之上，将众生引向一片莲花盛开的净土。当地人也有信道教的，道教与莲花有没有关系？我觉得也是有的，为何下此判断？原因可追溯至童年，那时的我爱听大人讲些神话传说，譬如哪吒闹海，抽了龙太子的筋，为了不连累双亲，削骨还父削肉还母，值得高兴的是，其师太乙真人借助莲花使他再度化为人形。还有八仙，应该也是属于道教一类吧？我少时喜欢对着画册临摹他们，先用铅笔起稿，再勾上墨线，最后上色。每一次我都把何仙姑画得像个男的，引得妹妹们发笑。应该说，何仙姑很美，她的美是被那七片绿叶衬托出来的，"绿肥红瘦"，十分显眼，不似盛夏的莲池，绿的肥红的也肥。况且何仙姑走到哪里，手里还要擎一枝莲花，这也是一种装点，可以给人高洁脱俗的印象。由此，你不得不赞叹，民间造神真有一手，既要顾及故事性、趣味性、逻辑性等，连精神性、象征性如何与人物匹配也要细细斟酌。也许有人会说，这些传说都不可靠，那么道士头上戴的"莲花冠"总是确凿的吧？

自我懂事起，老家的天井常年摆着一只大缸，凸肚厚皮，里面种着莲花。潮汕画家肖映川先生的版画《潮汕农家》呈现的就是家乡那种典型的民居场景：两扇木门如古老的册页被打开，天井摆放着用大瓦缸养育着的莲花，屋檐下晾着衣物，画面单纯、恬静，乡土气息浓郁。冬天，我家的莲缸里只看得到枯萎的叶柄，只有到了春天，父亲才会给它换上新泥。每年我都要随他到池塘边去，看他拿一只绑了根绳子的小铁桶，像要流星锤般地甩了甩，抛得尽可能远，待它沉下去后再压住绳子慢慢地往回拉，拉到岸边，倒掉桶里的水，将剩下的黑泥扑噗扑噗地倾入大桶里，待两只大桶都装了七八分，这才挑回家。塘泥黑乎乎的如芝麻糊，细软肥沃，扑噗扑噗地被倒进了大缸，然后就可以栽上藕秧子。几场细雨过后，小荷便露尖尖角。到了夏天，天气很热，傍晚时分，父亲就拨开密密层层的叶子，剪下粉嘟嘟的莲花，把肥大的花瓣掰下来一片一片地塞进一只白瓷壶里，搁几粒冰糖，冲上开水。整个晚上，我们都能喝到这带着新鲜香气的“莲花水”。父亲说此水可消暑止渴。泡多几遍，水不甜了，花瓣也软塌塌、白苍苍的，可是水入口时莲花的那股清香仍在，大概这就是所谓的“齿颊留香”吧。后来我从《本草纲目》中查到，莲花果真有“镇心益色，清心通肾，通气分，清暑热”诸功。 我祖母也会时不时地剪几片叶子下来，连同密生倒刺的叶柄一起煲“凉茶”给我们喝，有时候则把叶子撕成碎片掺进红豆、绿豆、薏米里一起煮，成为降暑祛火的甜品。我不喜她放莲叶，因为会夹带一脉凉丝丝的苦味儿，相比之下，我更喜欢甜甜的莲子汤。潮州菜的筵席，尤其是喜宴必有两道“甜菜”，一道作头菜，一道押席尾，俗称“头甜尾甜”，寓意生活自始至终都是幸福的。这两道中的其中一道，很可能就是“清甜莲子汤”。在祖母每年的寿宴上，我们常能吃到这道菜。

祖母已经过世了，可是我看到莲还是会想起她，想起寿宴上那道“清甜莲子汤”，或者由她亲手煮的那些甜品，虽然它夹带着一脉凉丝丝的苦味儿。

竹的妙用

谈竹，可以说上个三天三夜，从承载过古代文化的竹简说到乐器中的丝竹，也可以从民间的竹帘画讲到元宵用竹篾扎胚搭架的“花灯”，还可以从墨竹绘画鼻祖文同谈到当代画家董寿平……如今我想说的，却是与竹也与自己有关的一些事儿。小时候我喜欢到家附近的竹器店看篾匠们干活。那间店铺不大，铺窗朝向大街，墙角堆满篮、箩、筐、箕之类的竹制品，也有的像羊肉串那样被铁线串起挂在半空中，看上去有点像舞台顶那一层层垂下的布幕。店里的空气，常年飞扬着毛茸茸的竹篾细屑，也弥漫着新鲜、清甜的竹香。店主是对夫妻，一样的黑黑瘦瘦，也一样的沉默寡言。男的只管呼呼地舞着厚背刀，刀过处篾条晃晃悠悠，竹屑漫天飞舞。女的坐在矮凳上，两根手指夹着篾条穿针引线似的编插，一只竹筛眼看就要成形。要是有人来买，男的或是女的就起身，拍掉屁股上的粉白，拿货收钱，再重新坐下，屁股底下肯定又白了一层。这家夫妻店的口碑不错，要不是口碑不错，三山国王庙大门口的灯笼是接不下来的。那对灯笼有小水桶那么粗，椭圆形，胚子是用观音竹的篾条编的，细细密密，光洁柔亮，接头十分隐蔽。编完后还要再一遍遍地刷上桐油，直至明亮、溜滑如琉璃。这对灯笼在游神日挂在宫庙的大门前，一只用红油漆写着“风调雨顺”，另一只用红油漆写着“国泰民安”，懂书法的说，那是“蚕头燕尾”的汉隶。

潮汕的竹器老早就出名，当地不仅盛产竹子，且河汊纵横交错，竹子被捆扎成筏，从外地放排运到当地也挺方便，因而编制竹器的，即使谈不上家家户户，也几乎遍布四乡六里。无论农业生产还是日常生活，谁离得开它呀？昔年，乡人为生计来到樟林港下船奔赴南洋，随身携带的必要物件多与竹子有关，“市篮”（呈圆柱形，有盖子，可挎在胳膊上）、油纸伞、竹笠还有竹席等，而随船带到那边去贩卖的自然也少不了各式竹制品，因而也难怪李笠翁要替竹子辩护：“竹木者何？树之不花者也。非尽不花，其见用于世者，在此不在彼。” 他还说：“（竹）移入庭中，即成高树，能令俗人之舍，不转盼而成高士之庐。神哉此君，真医国手也！”竹子的生长速度真是有目共睹，至于它还能让普通人的家园转眼变成高贵人的宅第，我却不以为然。《红楼梦》里林黛玉的住所，原名“有凤来仪”，挺吉祥的，就因“竿竿青欲滴”，改成了潇湘馆，光听听这么凄凉的名字，就知道她不会有什么好下场。当然，这也可以看作是曹公的高明之处，以竹暗喻林黛玉的高洁品性，也以探春取笑她是“潇湘妃子”，暗示未来将以悲剧作结，因为传说湘妃竹上的斑点就是娥皇、女英悼怀舜帝亡故洒泪而成的。

明人倪谦道出了他爱竹的缘由：“吾之爱夫竹，以其有德也。彼其群而不党，直而不挠，虚乎有容，洁然自高，溪壑幽闲足以遂其性，霜雪严寒不能变其操，此子猷所以一日不可无，而七贤、六逸恒于是乎游遨也。”“竹”与“德”，在潮语中发音相同。“前榕后竹”，竹子在老家一般都种于屋后，可能也是“厚德”或者“积德”的寓意吧。老家的雨水多，竹子长势极好，一大蓬一大蓬的绿得发黑发亮，枝叶从四面八方披垂下来，使里面变成阴凉昏暗的帐篷或凉亭，成为家畜乐意逗留的栖息之地。

野竹
癸巳於深圳

在竹子众多的品种中，有一种叫“妙儿竹”的，小叶子，枝干纤秀柔韧。孩子发烧时，大人会起个大早，趁露水未干拔些妙儿竹的“竹芯”，也就是刚刚冒出、还没来得及展开的嫩叶，煮水给他喝。我是喝过的，效果似乎比“羚羊角”还要好。鉴于“妙儿竹”的功效，也可以把它的名字写成“妙儿德”了。写到这儿我忽然想起，十几年前去过一趟井冈山，吃了那儿的笋干觉得不错，就捎一点给父母，没想到竟闹出笑话来。老家一般只吃鲜笋，母亲以为洗涮干净就可以直接拿去煮，结果是怎么煮也煮不烂，硬邦邦的吃不下。其实正确的做法是先将笋干放入锅中，加满水煮沸半小时，再转小火焖煮，捞出，切除老根，洗净，然后浸泡在淘米水或石灰水中待用，隔 2 ~ 3 天换水 1 次，烹调前再切成片状，这样食之方鲜嫩味美。

还有一样东西叫“竹仔鱼”，倒不是真的鱼，好多孩子都吃过。在乡间，几乎每天都在上演这样的武戏：气急败坏的大人一手擒住惹是生非的“孥仔鬼”，一手拿小竹枝小竹板抽他的屁股，一下一下，嫩嫩的屁股登时跳出几道浮凸的紫红伤痕，火辣辣的。所以当大人们忍无可忍地发出警告：“小心吃竹仔鱼！”如果你还不依不饶，那么就做好抱头鼠窜的准备吧。

木棉花

在岭南，木棉树是最常见的，路边屋后，甚至学校的操场上都种着，三三两两，高高大大地挺立着，那带瘤刺的树皮有点像铠甲，让人望而生畏。木棉的名字很多，有叫红棉的，有叫英雄树的，我却更喜欢那个古老的叫法，“烽火树”，据说南越王赵佗向汉帝进贡过此树，“高一丈二尺，一本三柯，至夜光景欲燃”，或许这就是树名的由来。

岭南的春天总是潮湿的，小雨淅淅沥沥，没完没了，身上的衣衫好像从来就没干透。遇上回南天，连屋里的墙壁也出水，湿亮亮的像一面镜子。这个时候，最要紧的是关门闭户，将可以拧出水来的潮气挡在外面，只有不知何为回南天的人才会洞开门窗，想让风将潮气带走，结果是潮上加潮。那段时间，天空总是灰蒙蒙的，经常十天半月见不到一缕阳光，人们的心情也大打折扣，灰沉沉的满怀惆怅，仿佛对未来不抱什么希望。木棉花就在此时开起来，一朵，两朵，三朵……像暗夜中点起的灯盏，光焰鲜丽、饱满、温暖，你的心情也不由得跟着一点一点地明朗起来。风飒飒地吹过，木棉花从数丈高的树干上笔直砸下，啪的一声，闷闷的，又啪的一声，还是闷闷的，要是夜里来一场急风骤雨，明朝一看，地面像铺起了厚厚的“红毯子”。

听说木棉花晒干后可以入药，能治什么，我不知道，至于它还能用来煲汤，却是近年的说法。小时候我们不知其功效，只是随便捡起来玩玩，又丢掉了，那些粉嘟嘟的花蕾，有时也会让我们突然想到了什么，趁着哪个伙伴不备，将它塞进他的裤裆里，然后笑哈哈地跑开。

我们真正想捡的，其实是木棉花结的果实，它像小号的橄榄球挂在枝头，熟透了就会嘭的一声爆开，白色的棉絮随风飘散，雪花一般飞舞，弄得你的鼻孔痒痒的，仿佛空气中充满了纤细的棉丝。有时你会看到，哪家的大人举起长长的竹竿，梢上绑着镰刀，钩住连接果实的枝节用力一拽，哗啦，枝叶瑟瑟发抖，果实像只黑鸟呼啸而下，掷地有声。他家的孩子就会跑上前，将它捡起来丢进竹篮竹筐里，也有的弹得很远，别的孩子趁机哄抢乱作一团，总有倒霉的孩子额头上碰出血渗渗的包。

“地上捡到宝，见官也难讨。”抢到者怕被追缴，边跑边喊，好像这么一喊，事情就变得天经地义了。

孩子们拿这木棉果实，大多是为了剥开掏出里面的棉絮，储存多了，请大人给自己做个小枕头，搁在脑瓜下面柔柔软软，颇合乎自己的心意。

念书后我才知道，木棉花不仅仅是广州市的市花，它还因为代表着一种崇高的精神而受到文人墨客的歌咏，明末陈恭尹赞它“浓须大面好英雄，壮气高冠何落落”，清代的张之洞说它“高干必掩群，奇葩向天吐”……有部越战片《自豪吧！母亲》，插曲就叫《我们相会在攀枝花下》，攀枝花就是木棉花。“攀枝花/英雄的花/不灭的火焰/胜利的火把”，那个年代的人们唱起它，尤其是唱到“当你凯旋归来的时候/我们相会在攀枝花下”，都会情不自禁地流下热泪。

不少画家喜欢将木棉入画，岭南画派更是如此，从高剑父到关山月再到赵少昂诸大家，都难掩对此花的喜爱，而后继者陈永锵先生，更是一遍一遍地画它，他的《木棉花歌》《雄姿英发》，虽不是我所喜欢的味道，却也不失为木棉的一种礼赞。我以为画作中的木棉，都是画家心中的木棉，它被人格化，被赋予了生命和精神的内涵，有的甚至承载着重大、严肃的主题，看上去像是某种图腾，而我似乎更偏爱现实中的木棉，它不加修饰，自然而然，让你觉得它不过是一种习见的植物，一个渺小的生命，一个亲切的故人。

相随树

春天总让我记起《胡村月令》中的第一句话："桑树叫人想起衣食艰难"，不知怎的也就想起家乡，心里有些怅然。《诗经》有云："维桑与梓，必恭敬止"，那意思是说此两种植物，最易引发人们对于父母的思念，也难怪"桑梓"会成为"故乡"的代名词。胡兰成先生成长于江南，那里既是鱼米之乡，也是丝绸的产地，烟雨中采桑叶的美妙场景并不鲜见。在我家乡潮汕平原，养蚕的农家几乎没有，所以桑树也就没有"屋前屋后，园里田里，一片乌油油"那样壮观，但也不难见到，山坡上，池塘边，三三两两，高大而安静，与别的植物似乎没有什么不同，也只有到了孩子养蚕的时候，才发现它是不可缺少的。

几乎每个男孩子都热衷于养蚕，而几乎每个女孩子都对蚕抱着一种敬而远之的态度，尤其不敢去触摸它那粉白而又凉丝丝软绵绵的身体。那时候找不到什么像样的盒子，我们只能将蚕养在瓶装注射剂的纸盒里，不过这样也有便于携带的好处，下课时从书包里取出来看看，周围立即拢过来一圈脑袋，蛮自豪的。

养蚕自然少不了要去采摘桑叶，回家后要擦拭干净，不能有水，否则容易引起蚕儿腹泻，有时甚至会导致死亡。而酸酸甜甜的桑葚，也很是讨孩子们的喜欢，打从它们如一条条淡绿色的小毛虫从枝头钻出，就引起我们的关注。几天之后，淡绿变成了粉红，再几天之后，变成深红直至黑紫。桑果多汁，一把塞进嘴里，小嘴唇就会染得紫黑，好像曾流行过的那种“病态妆”，倘若染在衣服上，那是最不易洗净的，大人们要用白醋浸泡污渍后才能用清水揉搓。我父亲爱拿桑葚泡酒，将它们封存在一只陶罐里，或者玻璃瓶里，在过了很长的一段时间后，仿佛突然想起来，启封，倒进酒杯里，颜色跟葡萄酒很像，紫红紫红的，挺好喝。祖母则喜欢将桑葚做成黑乎乎的膏酱，想吃时拿小勺子舀一点，冲上热水，可以消食开胃。

回头再说说桑叶，除了可以喂蚕，它还是“青草药”中的一味。潮汕人认为青草药可以洗去肺腑的浊气，涤荡脾脏里的燥火，弥补胆囊的寒弱，疏通经络的郁结，从而达到调节身体平衡的目的。从前集市角落，或者街头巷尾，都有摆卖青草药的小摊子，蛇舌草、铺地锦、青蒿、荷叶、蜈蚣草……大多是当天采摘的，有些叶子上还挂着露珠，这里边就常有桑叶的影子。桑叶煲的“青草水”，清淡中略带一丝腥气，没有多少苦味，但是孩子们仍然叫“苦”连天，其目的无非是想从大人那儿得到一枚“乌糖丁（红糖疙瘩）”。至于桑木，它的用处也很多，其中之一就是拿它做佛教法器中的木鱼，这应该是与桑木坚硬的质地有关。听说潮州开元寺藏有一只唐代的木鱼，我无缘目睹，因此也不知道它是不是拿桑木做成的。

张岱在《夜航船》云：“桑，箕星之精神木也，蚕食之，成文章，人食之，老翁为小童。”也难怪《本草纲目》将其列为“东方之神木”。在《诗经》里，桑树是出现频率最高的植物，有人做过统计，说有二十一首诗歌都提到它，也有人说是二十二首。为什么会这样？原因之一就是古人只有种桑养蚕，才能解决“衣食住行”中的头件大事。《孟子》说“五亩之宅，树之以桑，五十者可以衣帛矣”就是这种道理。原因之二是桑树除了影响古代人们的劳作和生产外，还与信仰、爱情也紧密相连，所以也给无数艺术创作提供了丰富的文化意象与意蕴。“惟桑与梓”中的桑树，让人肃然起敬，“桑者闲闲兮”更是让我们仿佛听到采桑妇女劳动归来时哼唱的愉快歌声。而最动人的无疑是变成年轻男女爱情乐园的桑园：“桑中之约”，密密层层的枝叶如蚕茧保护着情人们蛹一般娇嫩脆弱的情感，而肥沃的土地则激发了他们的原始野性和欲望，于是“桑之未落，其叶沃若”，男女之间的浓情蜜意焕发出了勃勃生机。我由此产生遐想，在那个年代，与一名采桑姑娘邂逅是否成为男人们最美的想象，最深最切的愿望?

我忽然明白，家乡人缘何将桑树叫作“相随树”！

榕树

如果非要找一种树木代表故乡，我以为榕树再合适不过。我之所以这么说，是因为每种树木都具有各自的气质和姿容，能够成为人类内在的情感寄托和精神象征。譬如梅兰竹菊，一提及必会让人想到东方精神，又譬如松柏，与白鹤一起成为长寿的符号，而与英雄人物在一起则承载了某种崇高得近乎悲壮的信念和精神。而榕树，总能够引发我的思乡之情。我的家乡生长着无数榕树，路口桥旁，房前屋后，池边山脚……有的独木成林；有的几株连成一片铺天席地；还有的长在残垣断壁或屋顶的檐沟上，将根须撒网般地舒张开去，自顾自地抽长碧绿的枝叶。家乡人大概是为了纪念这种从鸟粪里长出来的榕树，称它为“鸟榕”。

过去生活在乡间，大热天，人们喜欢在榕树下纳凉，喝茶，谈天，打个瞌睡，夜晚往往比白天还要热闹，因为下地的人全回来了。后生们爱在此角力逞强，除了掰手腕、摔跤、举重……还有“托手尾”——两个人面对面伸直胳膊各托住扁担一端，互相发力，谁守不住谁输。有时候他们还会把扁担放在小腹上，叫“托肚脐”，那赛的不是臂力，是腰力。年长者似乎更热衷于玩高雅，拉二弦的，唱潮曲的，搞灯谜的，我记得有个老头子，年轻时是穿街过巷的货郎，装了一肚子的“古仔”（方言，即故事），每次讲起来绘声绘色，唾沫星儿凉凉地扎在我们小孩子的脸上。

关于榕树，向来有种种神秘的传说，不过似乎无一例外地指向它对民众的庇佑，有人把它当成了乡间的保护神，逢年过节对它烧香叩头；也有人将其视为风水树，所谓“前榕后竹”的说法应该与此有关。在我的邻乡碧砂，相传南宋淳祐年间，潘、刘、彭三姓在此开基立业，并按金木水火土的方位种植五株榕树，后来那片地方就有了“五丛榕”的独特名字。此种传说到底可不可靠，极难考证，倒是《潮州市志·风俗卷》记载的“插榕枝、竹叶于门上”的习俗确凿无疑。每年元宵，当地人爱采来新鲜的竹叶和榕枝，洗净后插于门上或者香炉上，有的还将榕枝插在鸡笼或猪圈上，以驱凶辟邪，护佑人畜平安。到了农历十二月廿四，妇女们还要用老榕、嫩竹的枝叶和红花、菝草扎成长长的掸子，清除屋角房梁的尘网，名为“筅尘”，目的也是收瘟摄毒、扫除秽气以迎新年。

这种种的乡间习俗，在深圳这样的城市是很难见到的，所幸我的小区里种了好多榕树，让人觉得亲切，尤其是有条小径，夹道的小叶榕将它变成了绿色长廊，那些密密匝匝地编织在头顶的枝叶挡住了炎炎夏日，遗下的光斑明亮如珠，给人安静祥和的感觉。晚餐后，我喜欢踯躅于此，或陪老人叨些家常，或与孩子嬉戏，间或一个人慢慢走下去，到了尽头再折回来，感觉就像走在乡间的小径上。

思乡之情，对于每位游子来说永远都是一件无法甩掉、只能携带终生的行李。

树高千丈，叶落归根，儒家文化要求年老的人们能够返回故里，认祖归宗，将情感和身体交回到那个在记忆中静止、实际上已变得面目全非的生命场所，而在全球化的今天，故乡对于人们来说，更多的是停留在精神皈依的层面上，最终退缩为游子的一种图腾。如果让我来描画这个图腾，必定是一株古老的榕树，而每一个游子，都是树上的叶子。

荔枝下酒

在深圳生活的好处之一，就是每年都能够吃到新鲜的荔枝。据说南山的荔枝有一定的名气，以至于上市之前，已经有贩子运来别处的荔枝假冒其名，这时懂行者就会提醒我，当心受骗。说实话，就算他们讲解了半天，我仍然没有把握通过形、色、味将深圳荔枝从别的荔枝中区分出来。

深圳荔枝有三个主要品种，一个是糯米糍，一个是桂味，还有一个叫妃子笑，吃了那么多回，我只约略知道糯米糍比较清甜，妃子笑带着一点点酸味儿。如果光从名字来看，我似乎更喜欢妃子笑一些，大概是因为它能让你得到味道之外的东西，譬如想到那个“一骑红尘妃子笑”的典故。

荔枝应该算是岭南佳果，苏东坡被贬惠州，就给荔枝做过历史上最著名也是最脍炙人口的广告：“日啖荔枝三百颗，不辞长作岭南人。”不过很遗憾，他的爱妾王朝云中了岭南瘴毒，他种在居所前后的药材也未能挽救她的性命。人去楼空，美景不再，我想如果此刻再让苏东坡写荔枝，那一定是别有一番滋味了。苏东坡在惠州待了两年零七个月，又被贬到海南的儋州去，他将爱妾的尸骨留在了惠州西湖南畔的六如亭，同时让他割舍不得的，还有荔枝。

“红关公，白刘备，黑张飞，三结义”，这是我听到过的关于荔枝最可

聞香而至
戊戌春厚圃

爱的谜语。荔枝到底为何这么诱人？除了它心脏似的外形，红袄般的外壳，莹白如玉的瓤肉，还有就是它的多汁厚味。荔枝的甜，是老人孩子喜吃的主要原因。记得小时候，谁家极其难得地送来一点荔枝，父母总要我们让给老人吃，他们会说，老人家喜欢吃甜食。我说我们小孩子也喜欢吃甜食呀。父母就说，你们还小，往后的日子长着呢。我和妹妹都觉得不公平，有时就会口无遮拦："你的意思是爷爷奶奶的日子长不了？"见父亲瞪起眼睛我们赶紧往外跑。

祖母收下我父母孝敬她的荔枝，留下几颗给祖父下酒，其余全分给我们。好像是，什么食物祖父都可以拿来下酒，腌过的小蟹、虾蛄，小鱼干，花生仁，蘸点糖醋的黄瓜等，有一次我看见他拿一根筷子往生鸡蛋上捅个洞，一边吸食里面的蛋黄蛋清一边喝酒，而最让我感到不可思议的是他抽一口烟，也能喝一口酒。他喝的是家乡的米酒，街头巷尾的杂货铺都有卖，价钱很便宜。但见他剥开荔枝，小小心心地咬一口，就一口酒。我想这样喝酒，酒就不辣了吧？应该还带着一丝丝甜味。我问过他，既然酒那么难喝，您干吗还要喝？他反问我，凭什么说酒难喝？我说要不您还拿荔枝下酒，一口气把它喝光不就完了？祖父啜了一口荔枝上的汁液说，这样才有趣，有趣，不懂吧？

在我们那个小地方，祖父祖母一待就是一辈子。到了20世纪80年代，生活逐渐好起来，好吃的也多一些，可是祖父祖母已经太老了，牙齿都掉光了。在祖父弥留之际，父亲问他还想吃点什么，他微微张嘴，我父亲将耳朵附上去，听到了含混不清的两个字：荔枝。大冬天的，哪有荔枝卖？父亲跑遍了全镇，只买到一瓶冰凉的荔枝罐头。当他将浸泡得松软白皙的果肉喂到祖父的嘴边时，他已经没有了吃的欲望了。也就在那时，我才真正弄明白，祖父最爱吃的不是酒，是荔枝。

吃完荔枝，父亲通常会挑大点的核，拦腰切断，取根牙签插在尖的那一截上，拇指和食指捏住牙签顶端用力一搓，那半截乌黑油亮的核就成了陀螺，急速地旋转起来。有时候我们也将“小陀螺”倒着搓，它们就像卡通片里的小蘑菇或者小雨伞那样，蹦蹦跳跳地移动。

荔枝性热，多食易上火，岭南人有种说法，“一颗荔枝三把火”。有人说吃之前将荔枝放到盐水里浸泡一阵子，也有人说可以拿荔枝皮煮水喝，其效果比凉茶更佳，这后一种我没试过，总觉得煮出来的水必是又苦又涩难以下咽。

荔枝通常有大小年之分，大年价格会便宜些，小年价格则涨上去，这种道理其实并不难懂，第一年挂果太多，第二年自然是养分不足缺乏后劲，平时的生产劳作，或者艺术创作也是同样的道理。

甘蔗

潮汕平原曾经遍地蔗林，村村有糖寮，这些糖寮多属临时性，在冬田之上搭建而成，样子类似于蒙古包，所以又叫“土糖寮”。糖寮分蔗场、前寮、后寮三部分。蔗场堆放甘蔗，前寮是榨糖的地方，安有两只大石绞（石碾），靠牛拉动绞臂，经过三次压碾将甘蔗上的糖分基本榨尽。后寮有孔明灶，灶上安深底大锅以熬糖。光绪年间的《华洋贸易情形论略》曾记载潮汕制糖业的状况，而且具体到精确的数据。清人黄蟾桂在《晏海渺论》也记述了1809年的樟林港：“本年六月初三日，澄海县商船六十余号，各装糖包满载，每船载三千包或四千包，连船身计之，一船值银数万，将往苏州、上海等处……”

有专家将潮汕的制糖业与移民史联系起来研究，我以为也是合适的。清初，随着蔗糖和大米的对外贸易，部分潮汕生意人移居海外，由行商变成坐商，从此吸引了数以万计的乡亲下南洋。

甘蔗除了制糖，还可啮食解馋。家乡的甘蔗不外乎两种，一种叫竹蜡蔗，较为瘦长，灰黄或灰绿色，质地比较坚韧；还有一种乌蜡蔗，茎干稍粗，蔗皮紫得发黑发亮，质地较为松脆。小孩子比较喜欢乌蜡蔗，易吃，汁液多，只是不如竹蜡蔗清甜。

近年来，甘蔗还被人拿来当烹调的佐料，煲汤时丢进去几小段，我以为此举不失为一种创新。照理说，它是能够清除一点腥臊的，而且还能给汤水增添一丝清甜甘香，颇合乎当地人喝汤的要求，清淡天然、原汁原味。至于它对肝炎、咽喉炎和低血糖是否有帮助，我看还是留待营养专家去求证吧。

潮汕人喜爱甘蔗还有另一隐秘的原因，甘蔗的繁殖力强，截节播种后就能繁衍生长，在民间，乌蜡蔗常成为男人生殖器的代名词。在嫁娶等人生大礼上，甘蔗和蔗糖一样被当成礼物或者吉祥物相赠。送新人一段甘蔗，那是祝他们婚后生活节节攀升，生儿育女甜甜蜜蜜。如果送去的是甘蔗的头和尾，则包含了另外的含义，小两口要有始有终，白头偕老。

在元宵夜，大人爱给孩子吃甘蔗。老一辈人有吃了甘蔗牙齿才长得结实之说，这当然不足信，不过对于喜欢甜食的孩子来说，正求之不得。这么一来，我倒宁可相信，人们是借着吃蔗的风俗来祈求新一年生活更加甜美。

“老境於吾渐不佳，一生拗性旧秋崖。笑人煮积何时熟，生啖青青竹一排”，东坡先生诗里的“青青竹”，指的应该是竹蜡蔗。从古至今，以蔗入诗并不少见，少见的是以蔗入画。家乡的名画家许川如先生曾以版画的形式生动地再现了甘蔗丰收的喜人景象，作品的名字起得好，《甜遍江南》。

这“江南”是一种意象呢，还是指家乡的韩江南岸？我还不太清楚。

大橘，大吉

有些蔬果是以产地来命名的，譬如红富士苹果，一听就明白是从日本引进过来的；又譬如沙田柚，为广西容县沙田所产，负有盛名；还有一些蔬果，前面加了个“番”字，番茄番石榴番荔枝，那应该是从外洋引入的。潮州柑也不例外，光听名字就知道是潮汕平原的产物，它曾称雄于国内的柑橘市场，外地人却将它笼统地称为“广柑”。

柑橘，或曰柑桔，橘小而柑大。也难怪老家把橘子叫作“柑仔”，而将潮州柑称为“大橘”，这么一来，它又多了层“大吉”的意思（橘俗称“桔”）。明代的郭青螺先生在《潮中杂记》中提到过，“潮果以柑为第一品，味甘而淡香，肉肥而少核，皮厚而味美，有二种，皮厚者尤为佳。”皮厚者，想必就是当地的“碰桶柑”，表面粗糙类似于大莽汉的脸，坑坑洼洼饱经风霜。如果照本地话的意思，我以为“碰桶”不如写成“蓬坦”，柑果犹如名士卧于床榻，大腹便便，饱满坦露，闲适却又贵气。

我的家乡樟林，柑园成片，即使是在最萧瑟的寒冬，也能从那些悬挂在绿叶中的点点金黄寻到一丝暖意、一丝丰年的喜人景象。我爱看姑娘们吃柑，尤其是在腊月里正月里，一个个打扮得花红柳绿，斜倚在千疮百孔的木门前，翘起小指头，小小心心地剥着朱黄的皮，怕折断了喷出细小的油雾辣得眼睛睁不开。然后呢，她们还会耐心地扯去瓤瓣上的白色筋络，就像撕掉手指上的倒刺，再掰开果肉，将柔柔软软的一瓣、两瓣递进嘴里，在牙齿的挤压下，那股清甜微酸的汁液凉滋滋地奔向干渴的喉头……瞧她们双眼微闭、十分享受的样子，你也跟着嘴馋。

我至今仍然记得跟林德雄老师初学色彩写生时，他喜欢在灰色的衬布上很随意地抛撒几只黄澄澄的大橘，再将一只剥了半边皮搁在最前面……那些呈现出琥珀般半透明的瓤瓣，还有皮与肉剥离开来的白色网状筋络，不知为什么，总让我想起北方，想起掩藏在风雪里的一窗窗灯火。我本来不是一个情感细腻的人，却也被如此简单而又如此美好的静物所打动，容不得自己有半点的懈怠，仿佛一不留神就会亵渎了它。

在文学作品中，柑橘最早给我留下较深印象的，恐怕要数朱自清先生的《背影》了，那个“戴着黑布小帽，穿着黑布大马褂，深青布棉袍”、蹒跚地走到铁道边，艰难地爬上月台的父亲，就是为了去给儿子买回朱红的橘子。而六岁的陆绩“怀橘”的故事，则表达了另一种情感，成为古人思亲之典故，也难怪骆宾王在他的《畴昔篇》中嵌入了“怀橘”一词以增诗情。

几乎是从腊月开始，潮汕人或开门迎客或走亲访友，最离不开的就是大橘。家家户户的厅堂茶几都会摆放着红绿相间的果子，金灿灿的是大橘，绿生生的是橄榄（旧时多用槟榔，取“宾临大吉”之意），象征着金玉满堂。亲友们见面互换大橘，表达着良好的祝愿。过去物质贫乏，有些人没钱买礼品，往裤兜里揣一对大橘就能访遍四乡六里，回到家手里仍然是一对大橘，只是它已凝聚了亲友们的祝福。

小时候我曾听过一则小故事，时间久了只记得个大概：有个一毛不拔的家伙，正月初一去给朋友拜年，大橘自然是舍不得带，一进了门就用手做了

个托举的手势，说某某兄，我拿对大橘给您拜年了，再装模作样地搁到桌子上。主人马上回了个同样的手势，大家共同如意，我这对大橘也请您务必收下。客人走后，这一家的主妇气鼓鼓地埋怨丈夫，刚才你也太大方了，把手张得比他还大，让那家伙占了便宜。

这当然是个笑话，不过它至少说明，再吝啬的人也还是重礼数的。

深圳离潮汕平原不过三四百公里，却无此习俗，但只要春节前后父母托人捎东西给我，总忘不了塞进一对或朱红或橙黄的大橘。

食橄榄

鄗乡曾盛产荖叶，与槟榔同食可辟瘴疠，据说此法拜韩愈韩文公所授。荖草属藤蔓类植物，茂盛时需搭棚支撑，远远望去好似一道绿色深巷，当地人谓之“荖巷”。在南社乡“荖巷”侧旁，盖有一座小小的“韩文公祠”，纪念着他老人家的功绩。民国之后，食荖叶槟榔者渐少，究其原因，有的说是食槟榔过程繁琐，食相又不大好看，随着腮帮鼓动，总有紫红汁液漫至嘴角，如同咯血；也有的说平原不产槟榔而产橄榄，青橄榄多了便取而代之，成为人们茶余酒后、逢年过节喜欢食用的小果子。

青橄榄金黄青绿，入口清甘爽口，中医认为其性平，入脾、胃、肺，有清热解毒、利咽化痰等功效。有民谚云：“霜降，橄榄装落瓮”，装入瓮之后如何食用？可作鲜食，以品生涩回甘的滋味。当然不独此吃法，小时还曾见大人用石臼将橄榄捣裂，按“三碗橄榄一碗盐”的口诀撒上南姜末、细盐等一起搅匀，然后用陶罐或玻璃瓶压实密封搁于阴凉处，在缺衣少吃的年月当下粥的小菜，当地人叫它“橄榄糁”。也有人将其拦腰切成两半，在酱油里浸泡半日即可食用。在家乡，青橄榄还可入汤，橄榄猪肺汤在普通人家餐桌上最为常见，至于橄榄炖螺头汤、橄榄炖鱼胶汤在潮菜酒楼也是屡见不鲜。

除了青橄榄，家乡还盛产另一种乌橄榄，个头比青橄榄大些，形状相似皮色却大异，浑身漆黑肉色紫红。有乡人精明能干，将它搁于热水中焗浸，待肉变软后捞起泡入盐水，三天后便可食用，或用细线把它分成两半，中塞幼盐腌制，把它制作成“榄皮”，趁着人们未吃早餐穿街过巷地叫卖。那些“榄皮”买回来，若能过一道放有蒜瓣的沸油，味道会更好。

另外，乌橄榄的核也是我们小时候的玩具。几个小伙伴相约一起，往泥地刨一小坑，每人各派出数枚搁于坑中，站在规定的距离之外，拿“乓”（大点的榄核）轮流投掷，那些被你砸出坑外的榄核便归你所有。得到的榄核何用？一枚枚地搁在麻石上，拿铁锤敲碎，掰开坚壳吃食果仁，颇能解馋。除此之外，榄核最大的贡献恐怕就是为民间艺人提供微雕的原料。好些年前我到台湾去，在台北故宫博物院观看了陈祖章的橄榄核雕，核舟长3.4厘米，有篷有窗，门窗可以推拉，数个人物神态各异栩栩如生，其刀笔功夫简直让人难以置信。

经常有人误解，把潮汕“什咸”（即咸碟小菜）乌橄榄菜算在乌橄榄的头上，事实上它是拿青橄榄与盐渍的酸咸菜，还有芥菜熬煮而成。当然，其中少不了用清水浸渍漂洗以滤去酸涩水分，加入各式佐料这些缠人的工序。

家乡特产多有传说，且所说玄妙，惟乌橄榄菜的出现让人觉得没有可疑之处。它说的是有一年夏天，平原台风肆虐，橄榄树下落下一地未熟透的果子，肉嫩核稚，口感黏稠味涩，有位能干的媳妇觉得扔了可惜，就捡回家来，取咸菜叶尾（有些人家是不吃的）剁碎，放入生铁大锅一起熬煮，以期废物利用，没想到乌橄榄菜从此诞生并代代相传，成为下粥“杀嘴”（形容口感酣畅）的首选，如今已被包装成可馈赠客人的特色礼品畅销世界各地。

听说在福建、台湾一带，橄榄又被人们称作“忠果”“谏果”，这是否因它先苦后甘的特性与古代忠臣勇于苦谏的秉性相类似？我不敢妄下断语。橄榄还被称为“福果”，好像是海外侨胞为了表达对乡土（福州）的眷恋所起的，而漂洋过海的潮汕人也不在少数，我想只要他们拿乌橄榄菜下粥，或者喝一口橄榄猪肺汤，或许能一解乡愁。

地豆

在写花生的文章里头，许地山先生的《落花生》算是名气较大的，我后来才知道，他的祖籍也是潮汕，与我算是老乡了。至今我仍记住里面的父亲对孩子们说的话："所以你们要像花生，它虽然不好看，可是很有用"，这种励志的话，说出来都近乎矫情，但也算道出了花生本质的好。在老家，花生被叫作"地豆"，大概是由于长在地下的缘故，也正因它静悄悄地结出果实，所以何时收成全靠农人积累的经验，拔得过早影响产量，拔得太晚则出现果根分离，也有损失。奇怪的是，番薯也长在地里，乡人却很少喊它地瓜，而是"番葛"。大凡从海外传入的东西，乡人爱在其名字前面加个"番"字以作区别，譬如称南洋为"番爿"，叫那边的人"番仔"，还有番茄番石榴番鸭等等，不一而足。

好像是，我国种花生的历史比较悠久，民间传闻孔老夫子曾夸花生"食可长生"，如果有人觉得不可信也无妨，再去看一看从汉阳陵葬坑出土的花生，距今起码也有两千年了。此外还有一说，欧洲和非洲的花生皆从中国直接或间接引进，有些地方因而称它为"中国坚果"。

我小时候曾听过一种说法，生的花生吃后会吸血，如今当然不信，可当时却十分担心自己会落下个面黄肌瘦浑身乏力的下场，因为在帮大人剥花生时偷吃过几颗，当然最后啥事也没发生。

很显然，生的花生不及煮熟的好吃。我父亲晚餐喜欢喝点小酒，不过光喝酒就太无味了，总得来点下酒菜，而最经济实惠的办法莫过于抓一把盐炒花生米。父亲的花生米通常装在一只阔嘴的玻璃罐里，放在一个不为我们所知的地方，喝酒时方取出，小小心心地往盖子里颠出一些，若觉得多了，又倒回去几颗。据我观察，大凡喝酒之人，总喜欢抓上几颗包在手心，再一粒一粒地投入口中，让人觉得像在变魔术，有一种轻松甚至俏皮的感觉。也有人认为，酒喝得晕乎乎的，拿筷子夹菜很不方便，才选择能够用手抓的花生米。我父亲有时会嫌炒花生热气，就用盐水煮，再拿到太阳底下晒得不留一丝水分，抓一颗摇摇，里边会发出咔咔的响声，吃起来也似乎带着阳光的味道，跟油炒相比毫不逊色，如若等不及将它晒干，吃进嘴里软软的粉粉的也是别有风味。

父亲一旦喝酒，我们三兄妹必像苍蝇嗅到肉味般地围拢上去，眼睛齐刷刷地盯住一处，或是一碟闪烁荧光的盐炒花生，或是一小堆晒干的水煮花生。父亲就会抓些分给我们，再看看所剩不多了……那样的情景，总让我联想起丰子恺先生的一幅漫画，画面上有个男孩对着四颗花生米哭泣，右上角题着“花生米不满足”。多年以后，丰先生的女儿替他做了解释，此画内容并非虚构，那个男孩就是她早逝的哥哥，当时他嫌花生米怎么只有一点点，丰先生就赶紧拿了一把补给他，他才破涕为笑。这幅画看似简单，实则有种亲情和趣味在里头，颇能打动有过类似经历的读者的心。

花生是天底下最好吃的食物之一，至少我是这么认为的，过去如此，现在也是如此。我小时候曾幻想着有朝一日发笔横财，买一块肥地，大片大片地种上花生，这样便可以躺在花生堆里想吃就吃，想睡就睡，活像一条长在甜瓜里的虫子。然而这种幼稚的想法却因一件小事而改变。十二岁那年，父亲让我随乡下亲戚去拔花生，仅一天工夫，皮肤便黑了一层，从肌肉到骨节无处不酸痛，略感欣慰的是总算学会了拔花生——手贴近根部握住，摇几下使土壤松动，再朝着怀里的方向使力，这样就不容易把土里的花生拨散。拔出来后还要轻轻一磕，让沙土散落。而摘花生则相对容易些，因为与花生相连的根很嫩，一捋一拽就是一把。但不管如何细心，总有一小撮花生会留在土壤里，所以地里空了之后，就有孩子拎着小篮到处翻捡。慢慢地，有些孩子就找到了窍门，只要发现老鼠洞，就能找到更多的花生。拔花生固然是个苦活，但也可以说是一种实践教育，或者说对成长有意义也无不可，总之它让我明白了一个道理：一饭一粥当思来之不易。

在潮汕美食中，无论带馅的粉粿菜粿，还是带汤的粿汁，都需要花生来提味，而在颇有名气的“潮汕花生糖”中更是担纲主角，那些切成一方一方的“地豆方”，切成条状的“地豆枝”，其味既香且甜，让人尝一口便不肯停下。

“一条巷子狭狭，两个人在相夹”（有挤压之意），谜底就是花生。花生还是我们童年的玩具，我们把豆荚一端轻轻打开，女孩子夹在耳垂上，男孩子夹在下巴上，摇头晃脑，耳垂上的“金耳坠”和下巴上的“胡子”也就跟着颤颤巍巍，虽有微微的痛感却甘愿领受。

好几年前，我在佛山石湾看到有人在卖陶制花生，就买了一把，带回家撒在盘子里，毕竟它在民俗里拥有长寿、恩爱或者生生不息的美好寓意。每有客人来访，我就故意请他们品尝，没有一人看得出是假的，直至上手方惊呼上当，真是有趣！

吃苦瓜

苦瓜的样子实在不好看，表面长着瘤状的东西，坑坑洼洼，我老想要是一张脸长成这样，恐怕连半个媳妇也讨不到。苦瓜的颜色倒是好看，碧绿碧绿的，嗅一嗅，有股从地里头带来的清香气。我小时很怕吃苦瓜，不过似乎不止我一人如此，有时连大人也对它敬而远之。不爱苦瓜的人无不嫌其味苦，而喜欢它的人却各有各的理由，有的说它入口清清爽爽，有的说它清热泻火，也有的所冲的正是“苦”这自然之妙味，以为合乎苦尽甘来的人生哲理。可惜仍有人在苦瓜下锅前偏要拿盐腌一下，再拿清水漂一下，在这方面，我宁愿与苦瓜爱好者的观点保持一致，若要除去苦味再吃，倒不如吃别的瓜好了。

据《中华全国风俗志》记载，对于苦瓜，“潮人甚嗜食之”。假如我的推想没有错，潮汕人还应当是国内最早吃苦瓜的那一批人。苦瓜在我老家之所以受到青睐，可能与当地溽热的气候有关。清代王孟英的《随息居饮食谱》说苦瓜“清则苦寒；涤热，明目，清心”，也难怪广府人又把它称作“凉瓜”。苦瓜的吃法颇多，除了生吃，煸、炒、烧，荤素搭配均可。

夏令时节，乡人爱拿苦瓜与猪骨煲汤，里面再放入一些咸菜，其目的是减少一点苦味，而苦瓜又正好分解了猪骨的油腻，使汤水清淡开胃。当然，苦瓜还有其他的做法，比如最简单的，切成薄片炒鸡蛋，人人都会做，吃起来爽脆宜人。“酿苦瓜”也不算复杂，将苦瓜切段，用勺子挖去内瓤，填入调好佐料的肉馅后蒸熟。酒楼上还有拿苦瓜切成薄片过一道开水，凉拌后作餐前小食。

也不知从何时起，什么人发明了拿苦瓜与海鲜河鲜类炖汤的做法，常见的有苦瓜沙白汤、苦瓜花蚶汤或者苦瓜花蟹汤等，可能不见得人人都喜欢，但至少能够证明在吃的方面，潮汕人敢为天下先。

吃苦瓜，原本算不上什么大事，但这却令我想起从哪儿读到的一桩轶闻，说某位领导人爱吃苦瓜做的菜，曾让厨师拿它炒鸭子、炒肉。有一次他边吃边对身边的工作人员说，苦瓜这种小菜他从小就爱吃，其苦味对人体有一定好处，比如祛火明目。说到此，我又想起那个自号“苦瓜和尚”的画家石涛，有人说他餐餐离不开苦瓜，甚至还把苦瓜供奉案头，也有人认为他身为明皇室“遗民”，命运多舛，其笔墨中隐含了一种淡淡的苦涩味道，与苦瓜何其相似！我曾翻阅石涛的一些画册，未见到他画过苦瓜，不过其号取自苦瓜“苦味”的深意，却是无可疑了。

岭南画派的赵少昂先生倒是画过苦瓜，我看过他一幅叫《天牛苦瓜》的小品，画面主体是一根烂熟的尾部绽开的苦瓜，露出鲜红的瓜瓤，色彩变化微妙调和，纯净艳丽，一看就知道他在用色上受了水彩画的启发和影响。右上方的瓜藤上还歇着一只天牛，也是形神兼具。钱松喦先生也曾用指头画过苦瓜，上面还题写“静对瓜棚拜上人”，应该是在向“苦瓜和尚”致敬。画面上那三条苦瓜，金黄熟透，不由让我想起旧日的瓜田，农民为了“做种”，总会留下几条大的苦瓜挂于竹架藤蔓之间。

吴冠中先生对苦瓜也是情有独钟，他画过一幅油画叫《苦瓜家园》，深色的背景下有藤蔓，有大大小小垂下的苦瓜，用笔极简，感觉像用国画的大写意来画油画。他还特地写了一篇文章，我只记得他在最后提到，不少画家跑到国外去，失去了母体的营养，不知道能不能继续成长，而他这个苦瓜只能结在苦藤上，只有黄土地的养料适合他的生长。在他逝世的两年后，一场“吴冠中师生作品展”隆重举行，画展的名称就叫“苦瓜家园”。

酸甜苦辣咸，苦是五味之一。知堂老人似乎一生不离此味，喝苦茶，住“苦茶庵”或“苦雨斋”，字里行间常流露出一股苦瓜也有的苦凉甘香，让人不胜回味。不过话说回来，熟透之后的苦瓜，瓤可生吃，清清甜甜的绝无一丝苦气。

坐大菜

我离开家乡多年，常有吃家乡菜的愿望，好在深圳的潮汕菜馆并不难找，每次点菜，总少不了来一个“芥菜煲”，如若菜馆是正宗的，你跟服务员说“大菜煲”她也听得懂。潮汕人习惯管芥菜叫大菜，大概是因为它的菜蕾硕大，茎叶肥厚，看上去碧绿碧绿的一大棵，跟别的菜一眼便分出高下。如果非要打个比方，我以为大菜就像一个浑圆饱满的北方农妇，让人觉得健康且富有活力，而事实上大菜在潮汕人眼里，也被当作一种吉祥物而寄予某种美好的愿望。

每年正月初七，潮汕人仍保留着吃“七样羹”的习俗，所谓七样羹，就是将七种不同的蔬菜煮在一起，其中最不能少的就是大菜，奇怪的是，多种蔬菜杂烩，食用起来竟没觉得有什么不可口的。我查了一下资料，这种食俗早在南朝梁宗懔的《荆楚岁时记》就有所记载：“正月初七日为人日，以七样菜为羹”，真不知道它是如何传到“省尾国角”来的。

从前的元宵，少女们看完花灯后就会悄悄跑到菜地去，一屁股坐在大菜上默念：“坐呀坐大菜，将来嫁个好夫婿”，祈望心想事成，建立一个像大菜的叶蕾那般簇拥、紧抱、亲密、富于凝聚力的美满家庭。

以上所述，足以看出潮汕人对于大菜的情感。我从前觉得，这种情感

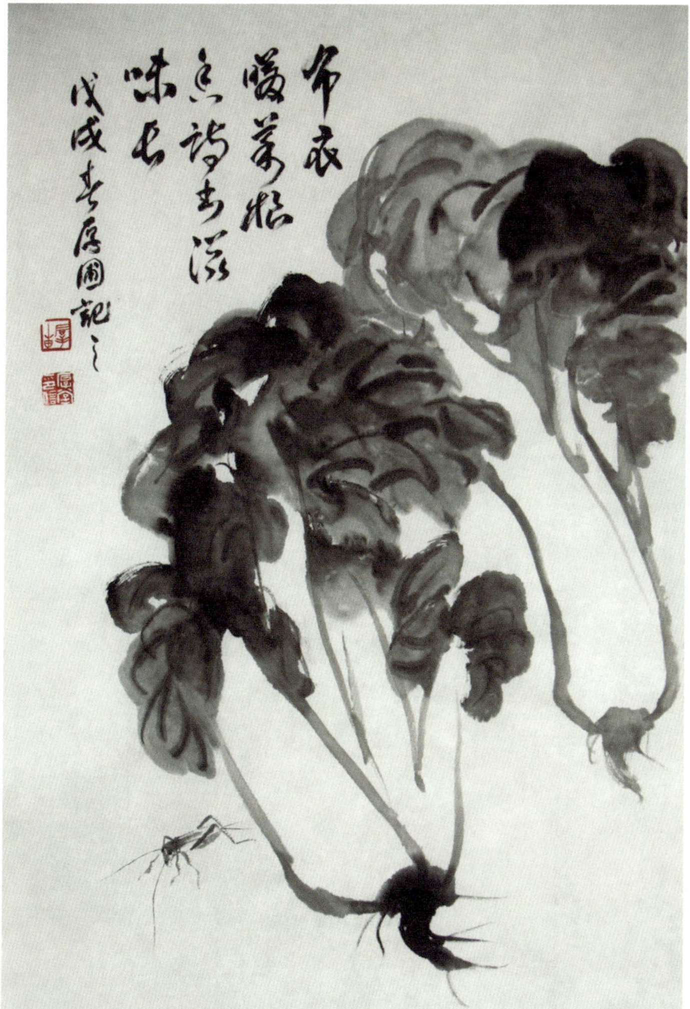
布衣
暖菜根
香詩書滋
味長
戊戌春厚圃記之

完全源于人们的功利心，如今想想却不尽然，大菜之所以在潮汕平原大受欢迎，还包含了人们对它的感恩之情，因为大菜曾实实在在地帮助他们渡过生活的难关。据清嘉庆年间的《澄海县志》记载："芥菜，也名大菜，本县秋收后田野种植甚多，收获后用盐渍味道甚美。"过去生活不好，几乎每家每户都会腌制一缸酸菜或咸菜。酸菜和咸菜的做法，除了用盐量不同，还在于腌制之前的处理，比如腌酸菜，大菜是不用先晒太阳的。不过无论是做酸菜还是咸菜，都同样要注意一点，那就是大菜入缸后要用石头重压，使其浸泡于盐水汤中以免长霉。

由于酸菜不宜久放，所以困难时期的人们腌的大多是咸菜，一日三餐都拿它下饭。我父亲经历过三年困难时期，他说放学回家饥肠辘辘，饭还没煮熟，不得不揭开大缸木盖偷偷撕一片咸菜咀嚼充饥。在相当长的一段时间里，吃酸菜咸菜成为穷人的"标配"，人们开玩笑说屁里都能闻到酸菜的味儿。我想家乡的父老们，正是因为得到大菜的"帮扶"，慢慢地培养起对它的情感。

人类对于物象的崇拜，其根源大抵想要借助它激发人们的想象，从而获得一种精神的力量，这就仿佛要在非常黑暗的地下寻出一丝光明，而大菜无论从形象到用途，正好符合了人们的需求而被接纳下来，成为一种吉祥的象征。

现在生活好了，那些酸菜咸菜并没有因此而离开人们的餐桌，它们摇身一变成为酒楼饭馆的餐前开胃小菜，或者酒后下粥的小咸碟，不仅如此，还可以拿它做咸菜猪肚汤、咸菜角螺汤、咸菜蚝仔汤等各种风味潮菜，至于上面所提到的大菜煲，则是素材荤做的一种典型，其做法是先将大菜焯煮一小会儿以去其涩味，捞起沥干再"煀"以高汤。这道菜一样遵循"有味者使之出，无味者使之入”的烹饪原则，以达到“损有味而补无味”的目的。

至于芥菜籽还可以捣末制成调料，那应该不是潮汕人所发明。《礼记》有载：“脍，春用葱，秋用芥”，大概是指秋日之后可利用“芥末”调味以吃食鱼生。潮汕人喜食鱼生确是事实，却未曾听说拿芥末作蘸料，他们更喜欢的是梅膏酱。

养花

我一直以为侍弄花草是个细心的活儿，且非勤快者不能胜任。在我老家，人们喜爱花草到了无以复加的地步，只要房前屋后能腾出小块空隙，必会见缝插针栽上植物，哪怕是一株小小的“金不换”（一种薄荷类植物，也叫九层塔）。花盆倒不讲究，缺了边的砂锅或者装腐乳的陶钵也可将就。几乎所有井边都种着一株石榴树，祈求多子多福，还有一大缸荷花，夏天一片碧绿，望一眼感觉凉快几分。

我小时所住的是一座潮汕“下山虎”的小院落，里里外外、盆盆罐罐都栽满花草，指甲花、鸡冠花、玫瑰、茉莉、扶桑、三角梅，还有那种叶子像汉白玉雕成的宝石花，家乡叫石莲，似乎更加形象。还有那种叶子像溅了些黄色斑点的万年青，鞭炮花更是沿着墙头攀缘，总是善解人意地开放在正月里，一串串像鞭炮，也像节日灯，喜洋洋的招人喜爱。只要是对了时令，小小天井枝叶葳蕤，花儿竞相开放，家里一下子变得热闹起来，拥挤起来，仿佛来了好多客人。

父亲是栽花种草的好手，什么时候浇水，什么时候施肥，什么时候除虫，什么时候换土，他都心中有数。有时他会把茶叶渣子倒在某盆花上，有时又挖出半盆花土，放上砸碎的豆饼，再重新掩上土壤。我觉得在他眼里，这种劳动不仅仅是工作之余的调剂，更是愉快的享受。可是他也有忙得顾不上的时候，照料花草的任务就会落在我头上。别看我平时挺喜欢那些花花草草的，真正轮到自己去侍弄它们，心里不免有些抵触，好在干了几次也就习惯了，要是父亲再多夸几句，还有些飘飘然，觉得这姹紫嫣红的里面，也有自己的一番心血。

后来我到城里工作，不是没有种花的时间，而是知道自己有懒惰粗心的毛病，生怕亏待了它们。我买低楼层的房子固然出于恐高的考虑，但也有另外的私心，可以不必去操心花草的事，空中花园的树木就像为我而栽。

自古以来，文人多爱吟风弄月，“拈花惹草”，“放翁年来百事惰，唯见梅花愁欲破”，陆游以赏花排解愁闷，不失为养生之道。唐寅索性住到桃花坞去，吟唱着“半醒半醉日复日，花落花开年复年。但愿老死花酒间，不愿鞠躬车马前”，以言其志向表其气节。也有不少画家出于对花草的热爱，愿意为它挥毫泼墨。在这众多的画家当中，我独独喜欢徐青藤的水墨大写意。在他的画作里，最能表现他突破前规、率意而为的还是那些水墨花卉，那卷十米长的《杂花图》呈现出十三种瓜果植物，气韵生动，笔势狂逸，野趣横生，这样的花草，已经养在了漫长的时间里，永远不死！我尤其喜欢他画的葡萄，只薄施水墨便呈晶莹透彻之状，叫人不能不慨叹他这种高度概括、呈现的能力。

说到葡萄，我忍不住要说点题外话，我小时候曾囫囵吞下一颗葡萄，大人说，明朝醒来，头顶会冒出一株小苗，吓得我睁大眼睛不敢睡觉，还要胡思一番，往后头上顶着一株绿莹莹的葡萄到处走，多不方便啊，我宁愿它栽在盆子里，天天去照料它。幸而第二天摸摸脑壳，一切如常，那一刻我真正体会到卸下重负的轻松，本身也是一种快乐。

旧燕

每年春天，总要让我想起老家的燕子。那时我们住在一条陋巷里，“下山虎”的潮汕典型民居一幢连着一幢，都是平房。节候一到，燕子就会衔着干草泥巴落户到屋檐下，先是一只两只，待哪一天忽然听到细碎的啁啾，抬头一看，已多了一窝雏燕，一只只伸长脖子张着淡黄的嘴，等着老燕子喂食。大人不许孩子去打扰它们，对掉下来的鸟粪也乐于清扫。有一年，从鸟窝里忽然扑棱棱地掉下一只羽翼未丰的小鸟，差点落入猫口，那抖抖索索的样子甚是可怜，父亲就将它小心地放进一只纸盒，借着梯子把它送回窝里。那对老燕子吓得飞出去又绕回来，边哀鸣边张望，待父亲移开梯子后方明白过来，扑进窝里与失而复得的孩子叽叽喳喳叫个不停，很快活的样子。

在中国古代，燕子被视为吉祥之物。《诗经·商颂·玄鸟》云：“天命玄鸟，降而生商，宅殷土芒芒”，说商族是由玄鸟坠卵而生。这玄鸟，《毛传》里有说法：“鸟乙也，一名燕，音乙。”《楚辞·离骚》中也有注解：“玄鸟，燕也。”也就是说，玄鸟可能就是燕子，但尚存一点争议，毕竟是几千年前的传说，谁也道不明。

在潮汕人眼里，燕子好像是哪一路神仙的信使，它的降临被视为家运将旺的吉兆。可能缘于此，乡人对燕子之好胜过于其他鸟类，不仅欢迎它们在屋檐甚至厅堂筑巢，还美滋滋地称它们为“厅上燕”或“梁上燕”，视之如贵宾。既然如此，孩子们也就只能望燕兴叹，而不像见到麻雀那样精神为之一振，任意追逐打骂而无人干预。我记得隔壁邻居还曾养过一只八哥，虽成天有人喂食，但哪有燕子逍遥？它后来被捻了舌头，长出息似的学了两句人话，一句是“请坐”，一句是“款行”（即慢走），当然不仔细听是听不出来的。这一特长并没给它落下什么好，除了被主人拿来炫耀外，就是被看管得更紧。

说到燕子，难免会让我想起一些与它有关或者沾边的东西。明末有个著名的剧作叫《燕子笺》，讲的是唐代扶风秀士霍都梁赴长安赶考，在曲江池畔巧遇宦家小姐郦飞云，思慕之而成诗，不料被燕子衔走，落于郦飞云绣楼，于是一场执着的爱情不可避免，小燕子在其间充当了红娘的角色，让人略略有些意外的是，作者阮大铖竟是一个遭世人唾弃的“贰臣”。

在北宋，也有一本书叫《渑水燕谈录》，是史料笔记的形式，作者追忆平生经历见闻，笔之于书，博记杂识。何为“燕谈”？就是闲谈，我能想象着三五好友围坐一起，边喝茶边就着茶点，燕子呢喃般地谈天，可有可无，轻松自在，不啻于一种享受。

上面谈到，燕子充当过爱情信使。传说唐代女诗人郭绍兰将诗系于燕足，让它捎给外出不归的丈夫任宗。时任宗在荆州，燕忽泊其肩，读完那首《寄夫》之后感泣而归，现将此诗引录如下：“我婿去重湖，临窗泣血书，殷勤凭燕翼，寄与薄情夫。”妇人偶发奇想倒是意料之中，何况思夫近于恍惚，然燕子能够一眼认出她的丈夫就不得不令人称奇了。不过话说回来，艺术的真实与现实到底并不一样，我们就不必去较这个真了。当然，像郭绍兰这么幸运的女人并不多见，有的是“伤心燕足留红线，恼人鸾影闲团扇”，

有的是“泪眼倚楼频独语，双燕来时，陌上相逢否”，到头来思念化作一场浊梦，那种伤感、失落与茫然几可撕裂心肺。

在这些中国的古典诗词里，频繁出现的燕子成了诗人抒发情感的一种意象，一种符号，而在书画里，也同样不乏燕子的身影。在丰子恺的《春燕衔泥》《燕归人未归》等画作中，先生借助于燕子含蓄而又充分地表达出自己的心绪、情感和意趣，也难怪俞平伯送他一个“丰柳燕”的雅号。至于画家中谁是画燕的好手，我以为任伯年应算得上其中一位，北京故宫博物院收藏了他的一幅《柳燕图》，应该是他四十几岁时的作品，画面有六只燕子穿行于柳枝之间，上下翻飞生动活泼，仿佛让人听到它们舒展羽翼扇动气流的扑扑声和欢快的喧叫声。潘天寿先生也画过燕子，我似乎在哪本书上看到他的指墨画《微风燕子斜》，其题目出自杜少陵的“细雨鱼儿出，微风燕子斜”，与《柳燕图》不同，他则是通过树的枝叶，还有燕子飞翔的姿态来表现出看不见的微风与细雨。

数年前，文化老人黄裳先生谢世。他曾以92岁的高龄在《收获》杂志开辟专栏而被传为佳话，而专栏名字就叫《来燕榭书跋》，来燕榭正是他的书斋名。而在更早之前，我曾拜读过与黄先生打过笔仗的张中行老人的一些文章，他的那篇《旧燕》给我留下了较深的印象，其题目也好，不知是否出自文天祥的“满地芦花和我老，旧家燕子傍谁飞”？抑或明代顾大典的“似旧燕归巢，双语檐前”。张先生认为燕子“情能专注”，并谈到自己数次更换住处，虽曾与燕子重逢，却终因住进现代化的高楼而与它们失之交臂，其怀念与失落的情感正是我所具有的，我偶尔于高楼窗口，看到燕子从城市上空匆匆掠过，却不知它们将小家安于何处，不免惆怅。

微物赋

近日偶读清少纳言的《枕草子》，里边谈到苍蝇，“则应入于可厌之物无疑”，她觉得它不讨人喜的地方在于“不管对象是什么，甚至于在人家脸上，用那湿濡濡的脚黏着”。苍蝇虽有些可恶，拿它与蚊子的猖獗相比，似乎又算不了什么。苍蝇多活动于白日，至少晚上是不会扰你的清梦，而蚊子却热衷于躲在暗处搞袭击，就算没有到“夏蚊成雷”的地步，一只两只，在你快入睡时飞到耳边，嗡嗡嘤嘤，着实让人生气。睡不好也就罢了，还担心它吸血。张岱的《夜航船》里有个蚊子咬人的故事，看得我一身鸡皮疙瘩：“旧传有女子过高邮，去郭三十里，天阴，蚊盛，有耕夫田舍在焉。其嫂欲共止宿，女曰：‘吾宁死，不可失节。’遂以蚊嘬死，其筋见焉。人为立祠，曰‘露筋庙’。”相比之下，苍蝇则要老实得多，从这儿飞到那儿，好像兜了个圈子又飞回来，搓搓脚，挺讲卫生的样子，你只需动一下它就飞个没影，也许还来，也许从此不复返。

小时乡间的苍蝇似乎特别多，尤其是夏天，尤其是在吃饭时，那种情形，钱锺书先生在《围城》里有过生动的描写：“旁边一碟馒头，远看也像玷污了清白的大闺女，全是黑斑点，走近了，这些黑点飞升而消散于周遭的阴暗之中，原来是苍蝇。”所以揭开锅盖要特别留意，因为热气的蒸腾会波及那些飞来飞去的苍蝇，须知一只苍蝇也同样可以坏掉一锅粥。若有闲暇，我们爱拿葵叶扇追打它们，一切如同游戏，先要装作若无其事，拿眼底的余光观察它们，然后果断出手，要快，要准，要狠，啪的一下，又啪的一下，看到扇子上粘有黑豆大的东西，就拿火柴梗挑进一只空着的火柴盒里，凑多了拿去喂斗鱼，看它们相互争夺着一口一个地吞下，简直大快人心。

我祖母也爱打苍蝇，有时会冷不丁地冲着我来，啪的一下，打得我跳起来，还没明白怎么回事，她已经凑过来，拿指头抠抠我光着的脊背，忽然发出一串笑声，“是胡蝇屎痣呀。”

好像是，成都人爱将小饭店称作“苍蝇馆子”，潮汕人则把它叫作大排档。为防蚊蝇，店里会在熟食处安上纱橱，顶上还吊一把小风扇，风扇结着彩条转动以驱之。现在灭苍蝇的方法有很多，最有效的好像是用药，用药会不会污染环境，我不太清楚。还有用苍蝇纸的，黏性极强，放上去半天就能粘到不少，密密麻麻的如写满了小楷，让人看了吃不下饭。

周作人先生将苍蝇分为饭苍蝇、麻苍蝇和金苍蝇三种，我查过资料，也有人将它们分为四种：家蝇、金蝇、绿蝇和麻蝇。段成式的《酉阳杂俎》里有它们的详细记录：“偶拂杀一焉，细视之，翼甚似蜩，冠甚似蜂。性察于腐，嗜于酒肉。按理首翼，其类有苍者声雄壮，负金声者清聒，其声在翼也。青者能败物，巨者首如火，或曰大麻蝇，茅根所化也。”段成式的这种钻研精神实在叫人钦服，至于他说得到底对不对，我是没有发言权的。

苍蝇从什么时候就有？实在难以考证，不过自古就不受人待见倒是事实。《诗经·小雅·青蝇》写道：“营营青蝇，止于樊。岂弟君子，无信谗言”，以苍蝇喻小人，力劝那些正人君子不要听信谗言。欧阳修的《憎苍蝇赋》中更是把苍蝇贪食之状刻画得入木三分：“又如峻宇高堂，嘉宾上客，

沽酒市脯，铺筵设席，聊娱一日之闲，奈尔众多之莫敌！或集器皿，或屯几格。或醉醇酎，因之没溺；或投热羹，随丧其魂。”也有人嘲笑“苍蝇附骥尾而致千里”，我倒以为这对它未免过于苛求，弱者借助强者之力成事，也是需要智慧的。

宋咸淳八年，十九岁的赵孟頫书《苍蝇赋》，我十分好奇他到底写了什么，有没有替苍蝇说一两句好话，遗憾的是没能查到这方面的资料。明代的兰陵笑笑生倒是在《金瓶梅词话》第五十二回说了句公道话，而这句话至今仍常常挂在人们的嘴边：“苍蝇不钻没缝的鸡蛋”。说到这里，我忽然想起荷兰人文主义者伊拉斯谟，他在其《愚人颂》中讲过一个寓言，一只狐狸被无数苍蝇叮咬并吸血，刺猬见了帮它驱赶那些苍蝇。狐狸非但不领情还怪起它来，说如果赶走它们，马上又会新来一批，它们会比先前吸过血的吸得更狠。这个故事当然是在讽刺古代的贪官们，但搁在当下也依然有着现实意义。

严格来说，在佛教里灭苍蝇也算杀生。不要认为这些生命不合你的心意就没有活下去的必要，其实每个生灵都有存在的道理。从某种意义上讲，佛教具有宏大的宇宙观，堪称大智慧。我祖母虽也拿苍蝇拍对付过苍蝇，但嘴上仍将这些微物小虫称作“鼻屎爷”，以示尊重。当然，苍蝇也非百无一用，单说它参与分解自然界中天天产生的粪便或尸体的工作，就当得起“环保卫士”这个美名。至于它置身于无数病菌之中，“出污泥而不染”，自身不染疾病，实在叫人百思不得其解。

金龟子

要不是受了法布尔写松树金龟子的误导，就是它曾给我的童年带来许多乐趣，我才一直认为金龟子算不上害虫。不过也没人规定，你一定要喜欢益虫，就算是坏小子也有它可爱的地方。话虽如此，我对它的好感还是减少了一些。金龟子种类繁多，最常见的要数那种叫“红脚绿金龟子”的，长着一身绿金的铠甲，触角末端紧挨着棕红色的流苏，法布尔称之为折扇，据他的观察，随着小虫情绪的变化，流苏会像扇面般展开或者合拢，真是有趣。在老家，金龟子为孩子所喜，人们管它叫“金地房”（房有时通“瓶”），是何道理？是不是因为它们的卵多产于树根旁的土壤里，幼虫又生活于土中？不得而知。人往高处走，长大后的金龟子也愿意生活到树上去，绿色的枝叶成了它天然的保护色，使它不至于三下两下就被天敌发现。

在我的记忆里，凤凰树是金龟子最喜欢待的地方，它们趴在那儿一动不动，既没有知了张扬的叫喊，也不似螳螂那么警觉，稍有风吹草动便举起两把锯齿状的“大刀”护身。有时一阵大风吹断了枝条，啪的一声，顺带掉下一只金龟子，很显然它被摔昏了头，还来不及弄清怎么回事便成了孩子们的俘虏，从此失去了自由，幸运点的，被他们用细线拴在胸部与翅膀的接缝处，抖动着吆喝着要它飞起来。开始它还以为得到释放，兴冲冲地张开鞘翅，把茶色玻璃纸般的后翼扇成一道影子，嗡地飞离地面。孩子跟着它跑，跑到喘不过气来就只好止步，绷直了的细线将金龟子拽得一个趔趄，垂直掉落下去，啪的又摔了一下，还是那副坚甲保住了它的小命。

“乌背脊，飞不歇”，乡下的孩子都知道，金龟子翅膀下面的背，横纹越油黑就飞得越久，越接近于赤色越没耐力，所以能者多劳，弱者反倒容易得到自由。至于那些更不走运的金龟子，提起来不免有些难为情，因为我也曾像其他孩子那样近乎残忍地折断它的一条小腿，往大腿上插入一根削尖的细竹篾，只轻轻一摇，金龟子就会舞动翅膀不知疲倦地飞起来，却并不明白永远都在原处，抵达不到它想去的地方。如此想来，不光是金龟子，人类也常有如此错觉，犯同样的错误，多少人每天营营役役一事无成却感觉良好，自以为飞到了高处，是个人物了，殊不知除了比从前多添一种狂妄的毛病外，其他并没任何改变。

金龟子至今仍是我梦里的常客，它颤动着触角上棕红色的流苏，硬壳上泛起莹莹绿光，那傻乎乎近乎执着地飞翔的劲头，既可怜又可爱。每当初夏来临，金凤花开得蓬勃，我总忍不住要往那些雅致的羽状叶子里寻找金龟子的影子，就像要到梦里去发现旧日的痕印。

金龟子虽是好看，却极少有画家画它。五代黄筌的那幅《写生珍禽图》上，天牛等几只甲虫都画得精妙，从透视学的角度观之也无懈可击，可就是缺少金龟子。齐白石老先生画过好多甲虫，我找来找去，也没能找到这种有着绿金壳子的“金地房”。我有时不自量力，想要画一画金龟子以补此空白，只是，如何画出那金属般的质地，那种亮晃晃的光泽，的确要费一番心思！

蝉

蝉为什么叫知了？有人说与它的叫声有关，其实听听又不大像，或许是某地的方言吧。近日才又听到另一种说法，蝉的发音同“禅”，禅在佛教里是指静思，故戏称它为“知了”。

夏天到了，树上的蝉逐渐多起来，叫声日益密集，此起彼伏，给人一种比实际温度还要燥热的感觉。天刚放亮就有蝉声，叫一阵歇一阵，待你微微合上眼，以为可以睡个回笼觉，它又更加欢畅地叫开来，真叫人没办法。不过蝉的叫声虽然令人厌烦，我却对它另眼相待，须知它曾是我童年的玩伴。那时候的乡间，树木比现在的城市要多得多，到处是大片大片的绿，如果有大片大片的红，那一定是凤凰花。开始听到蝉的叫声，我们就到修自行车的小摊要一块从报废内胎上剪下的橡胶皮，或者从穿烂了的“人字拖”上取下那根用橡胶做成的带子，点上火，看着它烧化滴滴答答滴成一滩，再掺上蛛网（也不知道是谁发明的，蛛网的作用我一直没弄明白），拿瓷片将它刮起来敷药似的敷在竹竿尖上，拿去粘蝉。粘到的蝉被剪去部分翅膀，这样就飞不起来，可是它自己并不清楚，依然急促地拍打着翅膀转着圈圈，那样子既好笑又可怜。

在那些炎热的日子里，每个小孩子手里都有一只蝉，只需轻轻一捏它就放声歌唱。伙伴们围在一起，说“一二三”，都捏一捏，瞬间便能听到蝉的大合唱。几乎落入孩子手里的蝉都活不到第二天，死了的就丢给鸡吃，或者弃于某个角落，才眨眼工夫就被蚂蚁团团裹住，最终掏成蝉蜕那样的空壳子。也有的蝉被大人弄死，掏掉肠肚，泡一遍盐水，再塞进去两三粒黄豆和一小块猪油，搁在火钳上伸到灶坑里烤，烤熟了拿出来给孩子解馋，虽夹带一丝煳味，吃起来还是酥酥脆脆的，香喷喷的，颇受孩子们的喜爱。

广东人没什么东西不敢吃的，这话颇有几分道理。在北方念大学时，我就碰到一个什么都敢吃的老乡，夏天一到他就拿着电筒，招呼几个同学满校园找蝉。他熟知蝉的一切习性，知道它们的幼虫只有天黑才会出现。对于那些刚从蝉蜕里挣脱出来、绿莹莹的幼虫，我是不大敢动手的，我害怕抓大青虫时那种软绵绵凉丝丝的感觉。那个老乡却像个种地的好把式，眼睛发亮，摘豆荚似的捉起来利索地丢进塑料袋里，嘴里不停地发出兴奋的哇哇声，我想他大概知道蝉是个“极聋的聋子”，否则不怕把它吓跑？往往是这么出去转了一圈，就能凑成满满一盘，那些幼虫蠕动着挨挨挤挤，又是茫茫然的，仿佛呱呱落地的婴儿不知道等待他的是什么命运。老乡不慌不乱地给它们洗了个“盐水澡”，过了道沸腾的油便迅速捞起，一时香气四溢。我看着害怕，想象着那些肥软的躯体被牙齿一挤，噗地喷出一股凉凉的东西，跟吃生蚝似的，不由得打起寒战，老乡和别的同学却吃得嘴角冒油，很享受的样子。

小时候我曾读过《昆虫记》，法布尔谈到过蝉的生活，“四年黑暗的苦工，一月日光中的享乐，”他觉得大家不该嫌恶它的歌声中的“烦吵浮夸”，“因为它掘土四年，现在忽然穿起漂亮的衣服，长起与飞鸟可以匹敌的翅膀，在温暖的日光中沐浴着。那种钹的声音能高到足以歌颂它的快乐，如此难得，而又如此短暂。”其实在中国古代，蝉是很被重视的，它甚至成了复活和永生的象征。从周朝后期到汉代所留下的古墓里可以发现，当时的人们爱把一只玉蝉放入死者的嘴里以求得庇护和永生。自古以来，众多的文人墨客也认为蝉以露水为生，将它视作纯洁的象征。不少画家喜欢画蝉，其中以白石老人画得最好。据说张大千也曾画蝉赠送友人，友人拿去请白石老人题词，白石老人展开一看，摇首叹曰此画谬矣，蝉附于柳枝，其头焉有朝下之理。因为柳枝柔软飘动，蝉头朝下就会重心不稳。其时张大千声名远盛于白石，得知后很不服气，后经仔细观察发现确实如此，对白石老人的生活根基和观察力叹服不已。有人以为，画蝉之难在于蝉翼，在于画出它的轻薄透光，我却以为蝉最难画的其实是它的神气。蝉眼漆黑一团，蝉的姿态也多是一动不动，画得不好就成了死蝉。

也有不少的诗人吟咏过蝉，骆宾王在狱中借蝉喻己：“无人信高洁。”李商隐也在《蝉》中抒发情怀：“烦君最相警，我亦举家清。”但我更喜初唐虞世南的《蝉》：“垂緌饮清露，流响出疏桐。居高声自远，非是藉秋风。”

蝉是害虫早已成为定论，可它还有那么多拥趸，它若知道，作何感想?

忆蜻蜓

潮汕人管蜻蜓叫“沙蜢”，不知是何道理。民间有种说法，说玉皇大帝要发大水惩罚某地民众，观音菩萨以碧玉簪变成蜻蜓，赶在天兵天将到来之前去给人们送信，两只翅膀不够用，又多长出一对来，所以直到现在，台风来临之前必是漫天蜻蜓，霞光一般黄黄红红的，也难怪有农谚云：“蜻蜓飞得低，定无好天气。”

老辈人说，捉蜻蜓会得罪观音菩萨，孩子却听不进去，非要与他们扳倒桨。好在蜻蜓长了一对复眼，能多角度视物，因而并不好逮。在乡间，常见孩子追着它跑，有时简直就在身边，可一忽儿又不见了。大人就会发笑：“沙蜢六脚四翼，骗个孥仔去曝日。”就在孩子决计放弃时，那蜻蜓却又偏偏停下来，如一道细小的阳光落在草尖上，摆出诱人的姿势，头向下而尾巴高高翘起。这种姿势未免让我忆起旧事，小时曾被父亲送至武馆学习拳脚，为练好基本功，常要以手代脚直挺挺地倒立甚至移动双手，美其名曰“沙蜢企”和“沙蜢行”。

然而总会有不幸的蜻蜓落入孩子之手，被掐掉一截翅膀，如跌进水里的飞虫那样绝望地扇动着打着转儿，模样十分可怜。蜻蜓种类繁多，明代刘侗、于奕正同撰的《帝京景物略》却仅仅记录了其中的三种：“大而青者曰老青，红而黄者曰黄儿，赤者曰红儿。”不是每一类蜻蜓都讨孩子喜欢的，至今我仍记得，小时候最垂涎的是虎皮蜻蜓，它个头大，黄皮黑斑，一对复眼如猫眼般泛起幽光，伸出指尖让它咬，会痒痒的疼。而最不讨男孩子喜欢的应该是“沙蜢娘”，也就是“豆娘”，它是蜻蜓中的林黛玉，细如草芯，一副弱不禁风的模样，颜色有时也很好看，只是一不小心就会捂死在温湿的手心里。至于书里还谈到它们“好击水而飞飞”，那指的应该是蜻蜓点水。

夏天的溪流池塘，蜻蜓不时掠过水面，又安静地栖息于水草荷叶之上。老人们说是蜻蜓口渴，孩子们却说它爱臭美，将清亮的河水当成镜子照个没完，他们并不明白，这是蜻蜓生儿育女、繁衍后代的特别方式。

说到这儿，我不由想起张岱在《快园道古》卷里讲过的笑话：绍兴有一个“百户”送亲，穿大红圆领，别人就开起他的玩笑，出一对子曰：“纸灰化作白蝴蝶。”一士子瞄了他一眼对曰：“百户变了红蜻蜓。”逗得“一座大笑”。这里头调侃的是人，没有任何鄙薄蜻蜓的意思。

蜻蜓作为昆虫大家庭中普通的一员，本来似乎不值得再说下去，但又不能不提提它对人类的贡献。《抱朴子》里所载的“飞车”，就是根据蜻蜓飞行的启示而发明的，因此又叫“竹蜻蜓”。孩子拿着这种竹片或木片所制的古老玩具，用手一搓，再一放就飞了出去。还有一种琉璃珠子，不知是受了蜻蜓的启发，还是因为造出来后与蜻蜓的眼睛相像，被称作“蜻蜓眼”。蜻蜓眼有着两千多年的历史，首次出现于西亚及埃及，后来才传入中国，到现在仍为收藏家所喜爱。还有直升飞机，它的发明应该也与蜻蜓有关。

不似某些动物，人们各有喜恶，蜻蜓几乎获得一致的好评，它优雅的体态、轻盈的飞姿和鲜丽的色彩，更是打动了不少画家。岭南画派赵少昂的笔下，有绿蜻蜓也有红蜻蜓，大多数是写意的，寥寥数笔便把握住它的形态与动感。白石老人更不消说，其草虫画中画得最多的恐怕要数蜻蜓了。王祥夫老师自然也是画草虫的高手，有一年大同雅集，他在书房里为我示范了蜜蜂、蝴蝶、蟋蟀还有蝗虫的画法，我却忘了请他也画一画蜻蜓。临别时他赠我大作，两朵碗大的菊花，一红一白，古朴雅致，枝叶则水墨交融，雄健有力，而右上角的红蜻蜓更是力压芳菲，灿然夺目。王祥夫老师的草虫画得益于齐派，又拥有自己的面目，单说蜻蜓翅膀中的网纹，笔法就要比白石老人简洁洒脱，翅膀在浓淡变化中显得更加单薄透明，如在晚风中微微颤动。

我居城市多年，蜻蜓较为少见，好在书房里挂有老师的画作，那只红蜻蜓常常带我掠过记忆的波纹，进入倒流的时光。

马说

潮汕平原很少见到马，我对马的最初认识应当归功于说书人。故事里有英雄，就有良驹，一匹匹裹挟着冷风细雨、滚滚烟尘还有兵器的叮叮当当闯入我的记忆。西楚霸王骏马名骓，败至乌江后送给了亭长。《三国演义》中有“人中吕布，马中赤兔”之说，关公过五关斩六将直到走麦城，骑的就是它。汉文帝有名驹九匹，光听名字就不俗：浮云、赤电、绝群、逸群、紫燕骝、禄螭骢、龙子、嶙驹、绝尘，号九逸。《水浒传》里的名马多得让人眼花缭乱，印象最深的是“照夜玉狮子马”，浑身雪白，日行千里。它是“金毛犬”段景住在长城外盗得，准备献给梁山泊的，不料路过曾头市被曾家五虎抢去，从而引发梁山泊好汉下山报复。那一役晁盖在劫难逃，中了曾家教师史文恭的毒箭过早离开人世，给宋江腾出了第一把交椅的位子。

我小时也能从画册图片里看到马。印象中我家墙上曾挂过一幅印刷品，里面有一匹奔马，风风火火的好像要冲到哪儿去，精神头很足，十分符合那个年代人们激昂的情感。我后来才知道那是徐悲鸿先生的大作。还有一位叫黄胄的画家，也许受了赤子情怀所驱策，画了不少生活的真切场景：荒野沙漠，高原草原，巴扎帐篷……而主角就是他最为擅长的人物和动物，其中自然少不了马。黄胄以速写入画，笔墨灵活生动，造型精准，其画风浓墨重彩奔放洒脱，如他所作的《藏童上学图》，以阔笔疾速挥写作奔马，使人感受到马匹飞驰的动感与速度，富于激情和张力。

画家们明是画马，实则借题发挥，像徐氏的马，奔腾驰骋，有人将它解读为觉醒的民族精神，也有人从中看到一种古代君子之风。画家龚开在宋亡后不仕，穷困潦倒，他爱画瘦骨嶙峋的马，以示亡国之痛。元代水利专家任仁发画的《二马图》，以马的肥、瘦对照，针砭时弊，激浊扬清。可以说除了人之外，应该没有任何一种生命在艺术中像马那样享有崇高的地位。无论从古希腊罗马的雕刻，还是文艺复兴时期的绘画；无论是秦汉泥塑砖雕，还是唐代曹霸、韩干、宋代李公麟、元代赵孟頫……直至现代徐悲鸿、黄胄的画，马都以其刚烈壮美、豪迈俊逸的形象征服各个时代、不同地域的人。

在文学名著中，也有许多对马的描述，譬如《三国演义》中说到赤兔马，“果然那马浑身上下，火炭般赤，无半根杂毛，从头至尾，长一丈，从蹄至顶，高八尺，嘶喊咆哮，有腾空入海之状”。而伊萨克·巴别尔的《一匹马的故事》，则写了一个连长因为夺不回心爱的战马而最后申请复员的故事，给人留下无尽的伤感。还有大作家列夫·托尔斯泰，对马的描述到了不厌其烦的地步，让你觉得在他的意识里，马与人是平等的甚至比人还要高贵：“……在覆盖着一层细嫩、敏感、像缎子一般光滑的皮肤下，筋肉从血管的网脉下面突出地隆起来，像骨头一般坚硬。它那长着一双突出的、闪耀明亮的、喜气洋洋的眼睛的瘦削的头，在那露出内部软骨的、张开的通红鼻孔那里扩大起来。在它的整个身躯，特别是它的头部，有一种富有精力同时很柔和的神情。它是那样一种动物，仿佛它之所以不能说话，只是因为它的口腔的构造不允许它说话。”

我真正见到马是在去北方求学的列车上，在一片灰黄辽阔的原野上，忽然闪现出几个黑色或棕红色的小点，缓慢地蠕动着，随着距离拉近，终于看清那就是马，就是我一直在文字、图片、影视中看到的马。然而真正让我有更深体会的是多年以后我到新疆旅行，由一个剽悍的哈萨克族汉子带路，骑了三天的马前往禾木。那时候禾木尚未开发，一路上秋色烂漫惊艳不断，只是由于夜里也赶路，所以十分辛苦，每天下了马就像不会走路，岔开双腿向着左右摇摆甚是可笑。可那些驮着我们还有行李食物的马却泰然自若，偶尔喷着响鼻，好像在嗤笑这群来自城市、吃了一点苦就受不了的客人。

2006年我去云南的梅里雪山，又骑了一次马，之后再也没骑过。

吉羊

孟子云，“人之所以异于禽兽者几希，庶民去之，君子存之”。也就是说，人和动物的差异也就那么一点点，若要成为君子，关键在于克制“兽性”，保存发扬那点滴的“人性”之光。照理说，人是瞧不起动物的，然而又总觉得它们仍有可取之处，譬如老虎的凶猛，鸟儿的轻盈，耕牛的踏实，狗儿的忠诚……正如《楚辞·卜居》所说的，“夫尺有所短，寸有所长”。

在人类的眼中，羊不仅是一种美味，同样也包含着多种象征意蕴。意大利作家卡尔维诺有个千字小说叫《黑羊》，用童话的方式给读者呈现一个荒诞、冷酷的现实：在一个人人皆为贼的社会里，诚实的人反而成了“黑羊”。所谓“黑羊”，在英语俚语里就是“败家子，害群之马”的意思，最终他由于不愿去盗窃而活活饿死。

在我国传统民俗中，总体来说羊是受欢迎的。“羊”在古代与“祥”相通，表“祥瑞”。古人年初在门上悬羊头，交往中送羊，以羊作聘礼，这些都取其“吉羊”也就是吉祥之意。传说有五位仙人手持谷穗乘五羊而至，广州才有了“羊城”的美誉。

潮州城也一直流传着仙佛共造湘子桥的故事，里面说到广济和尚念咒，将桑埔山的石头变成一群羊，可就在赶往城里的路上不慎落下两只，被一个贪心的财主拖到自己的田地里。羊不肯走，财主就抽它，结果神咒一破，两只羊登时变成了两座山，把财主的几百亩良田压在底下。这么一来湘子桥合不拢，怎么办？多亏了何仙姑将宝莲花的花瓣撒开，化作十八梭船，又多亏了广济和尚抛下禅杖变成长绳，把梭船连成一道浮桥。潮汕平原很少有人养羊，我也不知道人们是怎么想到它的。我最早对羊的印象，要不是来自电影，就来自那本叫《鸡毛信》的连环画，一个叫海娃的孩子去给八路军送情报，遇上了鬼子，只好将信件藏于老绵羊那胖乎乎的尾巴底下，这种机智勇敢的行为着实让当时的我既钦佩又羡慕。

古人向来敬重羊的“孝德”，“羔饮其母必跪，类知礼者。”正因如此，才有那些以羊为装饰、用于祭祀和饮食的器具，它旨在提醒人们，以孝立命。出土于湖南的四羊方尊就是这方面的杰出代表。在古人的心目中，羊还是正义的象征。据王充《论衡·是应》记载，“皋陶治狱，其罪疑者，令羊触之。有罪则触，无罪则不触。”据说战国时的秦楚等国，御史、狱吏等执法者皆穿着带有“獬豸”图案的冠服，“獬豸”就是神兽独角羊，它作为秉公执法的符号一直沿用至清末。

另外，和牛马一样，羊也是为人类无私奉献的典范。羊远离污秽，性喜洁净，吃的是草，挤出的是奶，至于它的肉，不仅味道鲜美，还有滋补之功效，南方人多于冬至前后用来进补。《说文解字》有过“羊大则美”之说，羊大之所以为“美”，正是好吃之故！

还有就是羊皮，除作取暖御寒的材料外，它还曾在古代发挥过纸的功用。好些年前，有本叫《羊皮卷全书》的励志书风靡一时，此书附会了一个故事，说那个时代流传下来十道羊皮卷，里面记载了经商与致富的秘诀。从公元3世纪起，欧洲各国便普遍使用羊皮纸来书写文件，那时我国已经用纸来代替竹简、缣帛了。

那羊毛呢？除了变成毛线打成毛衣外，它还被广泛用来制作具有柔润、富于弹性等特点的羊毫笔，是中国书画创作的良好工具。而羊这种温柔敦厚、富于寓意的动物，自然也成为画家争先描绘的对象，宋代的苏汉臣、陈居中，元代的赵孟頫，明代的朱瞻基，清代的任颐、黄慎等，都曾多次描画它。说到这儿，我忽然想起丰子恺先生画羊的故事，他画过一个农人牵着两只湖羊去贩卖，自我感觉不错，没想到却被一位农民看出了破绽。原来牵羊只需牵头羊，不管有多少只羊，只需要一根绳子就够了，而他却多画了一根。

记不得哪一年，我在佛山石湾购得一只大瓷羊，拿回家来置于大瓷鸡一侧，每有朋友到访，总爱指着它们说，鸡和羊，吉祥！

狮头鹅

家乡有歌谣这么唱：“鸥汀出名大铰刀，澄海出名狮头鹅”。狮头鹅“鹅”如其名，头上戴着狮子冠，墨黑的，喙也是墨黑的，下巴坠了个软软的、淡褐色的肉袋子。灰褐色的翅膀，白色的脖子上有道深棕色的茸毛，雪白的屁股肥滚滚的，走起路来一甩一甩，两只橘黄色的大掌相互交替，真有点趾高气扬的模样。平日里，它们一群群散步于田野滩涂之间，游弋于河汊水洼之上，夜里则被农人拢起来赶回院子，用竹栏圈起。

小时候，狮头鹅是我们的游泳老师，我们抱着它在池塘里学游泳，直到有一天自己也像它一样在水里来去自如。我们对鹅是有感情的，就连传统的游行节目里都有“双咬鹅”的表演，不过有时候我们喜欢得太过分——逢年过节，杀鹅祭神；平时请客、打牙祭，也只有看到卤鹅上桌，才觉得规格高起来。

在我童年的记忆中，晌午将至，总有一声沙甜有“肉”的声音水漂儿似的从清静的街巷跳跃而过，“卖鹅肉喽——”，那些茴香八角蒜瓣桂皮生姜豆蔻的香气早就跑在叫卖声的前头，急如星火地钻进我们的鼻孔里。抬起头来，你会看见一个头戴竹笠、肩挑担子的女人出现在街头明亮的阳光里。不知用了什么秘方，她家的鹅肉总透着一股奇香，如钩子钩住你的鼻子，如下

迷魂药那样叫你乖乖掏腰包，如犯了毒瘾那样欲罢不能……这时候，主妇们就会嘟嘟哝哝，埋怨这“鹅肉姿娘”早不来晚不来，偏在这快要吃饭的时候来，这不存心叫当家的为难吗？当她们犹犹豫豫地拿出盘子，从门洞探出脑袋张望，天哪，鹅肉担子都快要看不到了，这下才真的焦急，顾不上平时对“鹅肉姿娘”的诸多不满，鼓起劲喊，还跳起来幅度很大地挥手：“喂，卖鹅肉的，喂，快回来……”然后按捺住失而复得般的欣喜，看着她扭着柔韧的腰肢风摆柳似的走到凉爽的阴影里，放下担子，从木盘下面的桶里拎出大半边卤鹅，冲着她们问：“要哪一处？”

主妇们在距离卤鹅很近的地方比划着一道道看不见的线。往往是，鹅的头、脖子、掌翼最先被买走。我母亲喜欢买鹅肝、鹅血，还有接近于鹅屁股的那部分，她说骨头少，老人容易吃。但多数时候，出来买鹅肉的是我祖母，只要鹅脖子还在，她就毫不犹豫地要了它。她知道我母亲和我都爱啃这“不长肉的骨头”。

对方爽快地应了一声，手起刀落，将整条鹅颈斫下来，用刀狠狠一拍，铜色的疙瘩皮便裂开，绽出了粉红色的嫩肉、白生生的筋骨。哆哆哆，鹅颈像银元一样整齐地码在一块。她拿刀铲起，用另一只手护住，放入祖母递过来的瓷盘里，再将刀斜斜地抽走，又飞快地剁碎几根青翠的芫荽叠在盘头，再舀一大勺卤水盘绕着淋上去。最后取出个小薄膜袋，装了点蒜泥白醋。潮汕人吃卤鹅喜欢蘸一点蒜泥白醋，既开胃又解油腻。那个年代，餐桌上只要有鹅肉，感觉就像过大年。

现在无论在深圳或是回家乡，我再也没有吃到那么美味的卤鹅了。

鸡

古诗真是神奇，“鸡声茅店月，人迹板桥霜”，温庭筠简简单单的十个字便勾画出一幅乡村清晨的生动画面。也许是因为有了那清脆的鸡声，才催动加快了人们赶路的步伐。

过去的乡间，几乎家家户户都养鸡，有公鸡有母鸡，也有如墨水在宣纸上毛茸茸地洇成一团的雏鸡，鸡的好处毋须多说，几乎人人都能从中受益，其功莫大焉。如若忽略其被宰杀的命运，我觉得当一只鸡也是不错的选择。想象在一个阳光弥漫的农家院落，鸡们在干柴堆里时而刨食，时而侧目而视，悠然自得，过着我所向往的田园生活。

小时我家养鸡，大人便会指着这只或那只，分给我和两个妹妹带领，这样我们便多了份责任心，既时时刻刻关注“下属”的动向，还顺带了解了它们的生活习性，熟悉生命的成长历程，不仅十分有趣，还能长些见识，如今想想，觉得大人的此种引导，不知要比学校的填鸭式教育高明多少倍。倘若由自己管理的母鸡生出鸡蛋，还温热着，祖母就教我们将它搁在脸上滚来滚去，嘴里还念念有词：“梭（意为抚摸）啊梭，梭到面仔光滑光滑。”此举颇合于按摩的道理，作用并非没有，但也不可能明显。奇怪的是，这种可算作老土的“按摩法”，至今仍被一些美容院所使用，前些时候我在电视上看到一则新闻，简直匪夷所思：一家美容机构用刚煮熟的鸡蛋给客人按摩，孰料有只鸡蛋没煮熟，滚动时忽然破裂，蛋黄蛋清糊了人家一脸不说，还把娇嫩的皮肤灼伤了。

我小时并不怎么爱吃鸡蛋，尤其是水煮的鸡蛋，大概是嫌它没味道，大人就开导说，可别小瞧这鸡蛋，它能孵出一只活活泼泼的小鸡来，你看看多有营养哪！我以后再吃鸡蛋，可能是心理作用的缘故，竟觉得小鸡的活力全被我吸收进体内，仿佛强壮了一些。

说到鸡蛋，又让我记起一桩趣事，20世纪80年代，内地政策宽松了些，家乡素有侨乡之称，“番客”返乡渐多，有次邻居家来了位香港亲戚，戴着金丝眼镜打着领带，更让我们觉得稀奇的是他那吃生鸡蛋的喜好：手里托着一只，拿筷尖捅了个小洞呼噜噜地吸食。大伙问其故，答营养好。不久后，巷子里的孩子在一起玩耍，凑近了都能闻到对方嘴里的那股腥臊味，不必问也知道吃了什么。吃生鸡蛋后来被证实为不卫生，而且也不能多增一点点营养，但是由于国人禁锢已久，忽然放开，对外来的新东西总抱着一种盲从的态度，类似的例子还有不少。

吃生鸡蛋唯一的好处，就是让我收集到许多蛋壳。我将它们放在肥皂水里浸泡，晒干，拿毛笔在上面涂涂抹抹，再一一送给小伙伴们。

回头再说说鸡。在古代，鸡是吉祥的动物，鸡鸣日出，迎来光明，据说还能够驱逐魔怪。在老家，虽还没到“无鸡不成宴”的地步，但也皆视鸡为美味，而在拜神祭鬼时更是离不开它，供桌上的所谓“三牲”或者“五牲”，似乎只有鸡不得缺席，还必须摆在中间最显眼的位置，不知道是什么道理，应该与人们对它的崇拜有点关系吧？

在潮汕，与鸡相关的传说甚多，无法一一列举，在此只拣几个有意思的一说。比如过去有个习俗，孩子到了十五岁就要举行成人礼，当地人称作“出花园”，其中有道仪式叫“咬鸡头”，也就是吃鸡头的意思。相传明代才子林大钦小时放学回家，见一老者抱着公鸡蹲地，旁边搁一红联，一条写着“雄鸡头上髻”，另一条则空着请路人应对。林大钦略一思索对曰：“牝羊颔下须。”老者十分满意，便履行承诺把公鸡送给了他。回家后大人将公鸡煮熟，把鸡头奖励给林大钦。林大钦后来高中状元，于是乡人纷纷仿效，希望自己的孩子长大了也有出息。而接下来的这个故事，恐怕就没有那么令人愉快了。好像是到了清代中期以后，去南洋谋生的潮汕男人日益增多，而一旦到了婚娶年龄，都希望能在故乡找到配偶，以方便照顾家中老人。由于路途遥远，有些新郎未必能够及时赶回，也不知道是谁出的馊主意，请一只公鸡来替代新郎与新娘完婚。且不去说这两个年轻人素未谋面全凭父母做主，光这婚礼就让人感到滑稽可悲，尤其是新娘，简直没有尊严可言。

广东汉剧有个传统剧目叫《百里奚认妻》，内容也与鸡有关。话说春秋时期，虞国人百里奚家贫，外出求仕，其妻杀老母鸡以饯行，一时找不到柴薪，只好拆下“扊扅”（即门闩）以烹鸡。后来秦穆公闻其贤能，以五张黑色公羊皮替落魄为奴的百里奚赎身，拜为秦相。其妻漂泊至秦国，入相府为洗衣妇，一日唱《扊扅歌》：“百里奚，五羊皮。忆别时，烹伏雌，炊扊扅。今日富贵忘我为！”百里奚闻而认妻。这伏雌，就是母鸡。我查了一下，潮剧里似乎没有这个剧目，但老家流传一句俗语，“门闩头颤动——有好食”，似乎是源于此。至于另外有句民谚叫“蜈蚣咬，鸡母呵；钱龙（壁虎）咬起大厝”，说的却是鸡能解百足之毒。清代的屈大均在《广东新语》里证实了这一点。不过若要真正操作起来，却并非那么容易做到——先要把母鸡屁股对着伤口呵出热气，再将鸡屁股里的黏液抹于伤口上。此法我从未尝试过，故不敢轻言“灵验”二字。

潮汕蟹

说到螃蟹，我小时对它并无太多好感，一个是觉得它样子难看，“六跪而二螯”，全身有甲壳；另一个自然是吃食不方便，吃相有失斯文。

家乡潮汕，最有名的要数当地的赤蟹，又叫“潮汕膏蟹”。徐青藤画过一幅《黄甲图》，大抵就是此蟹种，据说他作画时为避免水墨渗散，往墨里加胶水，其结果是蟹壳变得更具质感。

“七月膏蟹正合时，八月蟹子顶盖肥”，煮熟之后，蟹的肉质细腻鲜美，蟹膏也结实，愈嚼愈香，颇合乎人们的胃口。不过相比之下，我更喜欢吃腌制的螃蟹。赤蟹膏满脂丰，历来是蟹类腌制生食的首选，先要活泡于盐水数小时，洗刷干净，再用酱油腌制，当然也少不了蒜头、花椒、辣椒、芫荽、料酒、白糖之类的配料，时间起码需要一整天，直到蟹膏微微凝结硬化，入口有黏牙感，才算大功告成。我小时家里并不富裕，所以非大年大节难得吃上一回。更多时候，我们吃的是小瘪蟹，只有电子表般大小，价钱当然也便宜得多。母亲拿它用酱油和姜葱蒜腌制，数小时后便可食用，这种活蟹腌渍方法，宋代的《东京梦华录》《蟹谱》等书籍皆有记载，并称之为“洗手蟹”。

“洗手蟹”常用于早餐下粥。可别小看这种小瘪蟹，若对了时序，也有满壳的蟹黄，吃起来口感香滑齿颊留香。老家也有人拿它跟空心菜搁在一起煮汤，清亮的汤面上漂着一汪一汪的蟹油，黄澄澄的煞是好看。还有一种更小的螃蟹，比蜘蛛大不了多少，黑乎乎的壳，暗红色的脚，一样可以拿来腌制。我嫌它吃不到肉，母亲理直气壮地说，这本来就不是拿来吃肉的，是吸收味道。这两种小蟹，又称作蟛蜞，乡间有俗语云：“识字抓不到蟛蜞”，大意是嘲笑那些只会照书行事的人。

“冻花蟹”也是我家乡的一道名菜，属于潮汕“打冷”系列。所谓花蟹，就是海里的梭子蟹，一般以红蟹为佳。将蟹放入盛器中，再搁上姜片、葱段，倒上花雕酒，上笼蒸熟，待冷却（现在都放在冰箱冻过）后再上桌，冒着丝丝凉气，口感很不一般。说到花蟹，我倒是十分喜欢蓝底白花的那种，觉得比景泰蓝或者青花瓷还要好看。许多年前，我在哪儿看过一幅写生这种花蟹的油画，一直没有忘怀，至于有没有人将它画成国画，印象中好像没有。

吃蟹的趣味到底是在什么地方？这个问题我一直没弄明白，照理说美味是主要因素，但也不能排除有人十分享受吃蟹的过程。就像我太太，就颇能从看似繁琐的掰劈叉剪夹剔中吃出精神和乐趣来，那种感觉有点像喝酒，只有当事人才能觉出其中的“意思”。至于明清时期，有些文人雅士爱举行什么蟹宴，除了解馋饕食，还要品蟹赏菊，吟风弄月，未免有种矫情在里头，我虽能够理解，却是无法接受。吃蟹时节，我还是乐意与家人一起，或者约上三五好友，不拘形式，放松自在地享受这美味。

到深圳工作后，我才知道当地还有一种出了名的黄油蟹。盛夏产卵，成熟的雌性膏蟹就会来到浅滩河畔。河水退潮之后，猛烈的阳光使浅滩上的水温升高，雌蟹受了刺激，蟹膏就会分解成金黄色的油质渗透至体内各个部位，整只蟹因此充满了黄油而呈现出诱人的橙黄。我在福永吃过几回，蟹差不多都有巴掌大，油焗，吃下一只就半饱了，味道甘香浓烈，与“潮州冻花蟹”大相径庭。

不过说到底，吃蟹的乐趣只是在吃之时，是短暂的感知，还有另一种蟹，虽不能吃，却可以长久给人以愉悦。你若不信，可到潮州城走一走，或许能看到曾经装饰在青龙庙“横截”上，由清代巧匠雕刻的“半畔蟹”。

猫

孩子想养猫，被我这个“过来人”制止了。我小时候生活在乡下，养过无数的小动物，它们跟现在的“宠物”不大一样，就说养狗，目的是看家护院，而不像城里的妇人那样将它抱在身上，或者牵着闲逛以打发无聊的时光；又譬如养猫，也是为了捕鼠之需而不单单为了解闷儿。不管什么动物，久养生情，也就是说，养一次欢喜一次，但也必然要伤心一次，喜欢得越深，伤心得越厉害，于是得出一个结论：养动物犹如谈恋爱，你一旦投入进去，就很难走出来。更可怕的是有一天，它却要跟你作别，或死去或送人，或干脆逃之夭夭，你始发现堆积的情感如遭釜底抽薪，内心一下虚空，真真令人神伤。

不过前段时间，家人趁我到石家庄参加画展，以最快的速度收养了一只短毛咖啡猫，黑白毛色，短鼻子，嘴的正下方还有一撮小胡子。太太给它取名“糖果”，论外形倒有几分相近，圆圆脸，圆溜溜的眼睛，圆滚滚的身子。论特点，也能扯得上，它始终夹带着糖果含在嘴里开始融化时那股黏糊糊的劲头，你走哪它跟哪，你坐在马桶上它蹲在你脚下，眼巴巴地望着你，好像有什么新奇的事儿让它感到惊愕；你对着电脑码字，它就跳上书桌躺在键盘和显示器中间，辗转反侧，东瞅几眼西瞅几眼，还伸出爪子帮你敲键盘、点鼠标。它最喜欢跳上我的画案，吐出粉红的舌头舔食笔洗里的水，不知道是不是觉得这些涮笔水更有味道。

既然养猫了，我总得找点好处说说，一来宽慰自己，二来鼓励孩子。清代的黄汉编著过《猫苑》一书，里面有“养鸟不如养猫”之说，概括起来有“四胜”，摘录如下：“护衣书有功，一；闲散置之，自便去来，不劳提把，二；喂饲仅鱼一味，无须蛋、米、虫、脯供应，三；冬床暖足，宜于老人，非比鸟遇严寒，则冻僵矣，四。”我拿着这“四胜”与现实对照，因时代已变，此“四胜”几乎没有一样值得我们称道。在城里，猫已用不着捕鼠，一天又关在家里，也用不着认路回家，至于吃喝拉撒的需要，网购全搞定，有了猫砂，不必担心它随地便溺。有了猫食，更不必担心它挑嘴。至于冬天，空调都能喷出暖气，哪用靠它取暖？如果让我来说，养猫倒是能使家里变得热闹一些，生活有趣一些，还有更重要的，让孩子了解一个生命成长、繁衍的历程，懂得尊重生命，培养爱心和责任感。

多年以前，我曾幻想着在某个秋日午后，凉风习习，光柱里悬浮着尘埃，我斜倚在家里的沙发上打盹，有一只猫在地毯上悄无声息地走动，间或跳上来蜷曲着身子甜甜地睡在身边……那只面目模糊的猫，现在变清晰了，它就是糖果。为了表达对这个家庭新成员的欢迎，我请四九山房主人刻了一方圆形印章：“一枚糖果”。我蓦然发现，猫于我还有一大好处：给我当模特。在未来的日子里，我愿意将它各种可爱的神情动态画进画里。我还希望哪天有谁能用相机，捕捉我与糖果相处的瞬间。我很喜欢季羡林老先生的一帧相片，有只白猫刚好从高处跳到他的书桌上，蓬松的尾巴从他的额头轻柔地拂过。这样的抓拍，真是可遇不可求啊。

当然，养猫也有养猫的烦恼，过去老家，祖母常将一只竹篮挂在悬于横梁的铁钩上，里面放的要不是剩菜，就是过节要用的鱼蛋卤味，那不仅仅是为了防老鼠，还为了防自家的馋猫。尤其到了大年大节，老家的人都会打起十二分精神，把它过得既隆重又细致，容不得半点错漏，可再有灵气的猫，一看到好吃的就变糊涂了。主妇们在厨房里进进出出，那些卤肉、蒸鱼、腊味、粿品全都摆在灶台上，而后又摆上供桌以祭拜先人，大白天老鼠再有胆量也不敢懵然出击，惟有家猫防不胜防，刚刚那些美味还放得好好的，一转眼已被它衔在嘴里，你越是追打它跑得越快，蹿房越脊与你对峙。那时候你只能悻然作罢，还要不断宽慰自己，即使从它口里将鱼呀肉呀抢回来，也已经不能食用了。梁实秋先生却觉得，让他不堪忍受的是冬尽春来时猫叫春的声音，“呜呜的一声一声的吼，然后突然的哇咬之声大作，稀里哗啦的，铿天地而动神祇。这时候你休想安睡。所以有人不惜昏夜起床持大竹竿而追逐之。”

其实，最让我忧心的都不是这些，养猫常令我想起夏目漱石的《我是猫》。不知不觉，我把糖果当成了书里那只博学多才的猫公，总会不自觉地站在猫的角度审视和观察着自己。要是哪一天，糖果也是嬉笑怒骂皆成文章，针砭时弊入木三分，我该如何来保护自己的隐私?

怀念牛

那一年我到大同，并不知道那里的博物馆陈列有原牛的头骨，那头骨据说已有7万年的历史了。关于牛的起源，我以为同人类的起源没有什么分别，随着考古学家的不断发现，以及各类学科技术的跟进，结论总在不断变化。从古代的文献里可知，牛最早是用来作运输以及祭祀、食用的，后来才用于农耕。牛是乡村最常见的动物，本来不值得一提，但因我在乡下生活过，对它也就有了别样的感情。黄昏时分，我爱站在路边，看赤脚的农民牵着皮毛冒着青光的大水牛，嗒嗒地大踏步走来。水牛刚饮过水，肚子两侧被撑得像个巨大的括弧。我也骑过牛，那种感觉并没有想象中舒服，总觉一颠一颠的随时会从牛背上滑下来。

在农耕社会，牛的地位颇高，清顺治《潮州府志》载："立春，有司迎土牛于东南郊，士女聚观，多以豆谷洒之。"就是以豆、谷去抛掷它，到了立春日，由父母官鞭碎土牛，叫作"鞭春"。人们争拾土牛碎片，把它放在牛棚里，放在猪圈里，放在鸡寮里……"以利其六畜"。

冬至，潮汕人将其视为"小年"，家家户户要吃汤圆，当地叫冬节丸，吃完冬节丸，就算长了一岁。说来有趣，人们不仅自己吃了，还要请耕牛一块享用，这有点类似于给猫喂萝卜。牛应该是不会吃的，至多也就伸出舌头

耕读
庚子序国写

来舔舔上面的红糖汁。还有些地方，人们在耕牛的两条角、脊梁和尾巴上各粘上“一”字形的冬节丸 3 枚，一共12枚，象征着一年的十二个月，祈求耕牛膘肥肉壮，体健力大，能多多造福人类。

古人认为，牛拥有“五行”中土属性和水属性的神力。水能生木，所以牛的耕作能使农作物茁壮生长，土又能克水，古人喜欢在治水之后设置铜牛、铁牛以镇水魔。清代的潮州府，有官员将牛视为“镇桥御水”的神物，铸了两头鉎牛，分置于湘子桥的东墩和西墩之上，想不到百年之后，东墩的鉎牛竟被洪水冲得无影无踪，也不知道谁编了首歌谣，一直流传至今：“潮州八景好风流，十八梭船廿四洲。廿四楼台廿四样，二只鉎牛一只溜。”这只鉎牛到底去了哪儿，谁也不知道，于是就有了一些神话传说，它们往往诞生于人们的“不知道”。

可以说潮汕人对牛，一方面是崇拜有加，另一方面又大啖其肉，这种矛盾的情感既特别又复杂。潮汕地区的牛肉丸、牛肉炒粿条、牛肉火锅等，早就出了名的，你到那儿去不吃吃牛肉，仿佛就像到了蜀地不吃辣菜一样令人惋惜。不过，牛是有灵性的动物，倘若叫我宰牛，我是断然下不了手的。作家石舒清有篇小说叫《清水里的刀子》，就让你见识了牛的灵性。老人死了老伴，儿子决定宰掉老牛为亡人举念，传说若是举念端正，牛在被杀的前三天就会在清水里看到与它生命有关的那把刀子，自此不吃不喝，以使自己“有一个清洁的内里，然后清清洁洁地归去”。清水里的刀子所象征的正是所谓的洁净人生。小说对人生终极意义的追问和对死亡充满宗教哲学意味的思考，读后叫人难忘。

不过“世上牲畜世上用”，牛也无可避免这样的命运。小时我曾亲眼见到乡人宰杀耕牛，孱弱的老牛仿佛一早就明白，眼里流着泪，被壮汉用大铁锤对准太阳穴猛击，然后凄然倒地，再经受一刀刀的切割，筋肉热气腾腾又弥漫着血腥味儿。围观者自觉地背着手，大概是想要请求牛的谅解，自己不是不帮它，而是“束手”无策。人们之所以心虚，是因为明白自己吃进嘴里的米饭也有耕牛的一份功劳。有首叫《病牛》的古诗就颇能概括牛对人类的忠诚与贡献：“耕犁千亩实千箱，力尽筋疲谁复伤？但得众生皆得饱，不辞羸病卧残阳。”

同样是东方文明古国，牛在印度所受的待遇却大相径庭。印度人敬牛如敬神，牛可以在城里闲逛，甚至横冲直撞，行人和汽车都得给它让路。在乡村，它们大摇大摆地走到田间饱食谷物，或者吃树上的果实，农人不得驱赶。据说，当母牛不能自己寻觅食物时，还会被带到“养老院”供养起来直至终老，这样的优待远远胜过于当地的普通民众。

古往今来，文人墨客爱以牛的精神自策自况，鲁迅先生“俯首甘为孺子牛”自不必说，齐白石老人也自称为“耕砚牛”，李可染先生一生酷爱画牛，寥寥数笔便能生动地再现牛的情态体态动态，尤为难得的是，将其质朴踏实的本性和散发着泥土气息的特点刻画得入木三分。他曾在作品的跋语上精确地道出牛的种种优点：“牛也，力大无穷，俯首孺子而不逞强。终生劳瘁，事人而安不居功。纯良温驯，时亦强犟，稳步向前，足不踏空，形容无华，气宇轩昂，吾崇其性，爱其形，故屡屡不厌写之。”这也许就是他将画室命名为“师牛堂”的缘故吧？

蛙声

在乡下生活过的人，大概一辈子也忘不了青蛙的声音，呱呱呱，底气十足，尤其在雨后，叫声简直变成了大合唱，呱呱呱，呱呱呱，好远的地方都能听到。

过去乡下的生活并不好，自然界里的动物如飞鸟、田鼠、蛇类等，都成了人类案俎上的肉食，青蛙也是其中的一道美味。我们总能看见大人拿刀尖划开青蛙白白的肚皮，剥开来露出半透明的嫩滑肌肉，再剁成一小段一小段。有人嫌青蛙的皮不干净，上面长着青苔之类的东西，滑腻腻的，丢掉又舍不得，就拿它过一两道盐，揉搓完了洗干净，再切成片，跟蛙肉一起炒，也就吃下去了。

大人们有时心血来潮，将青蛙皮绷在一只竹筒上，拿到太阳底下晒，晒干了也就成了孩子们玩的小鼓，敲起来咚咚咚，脆亮亮的很好听。还有一种小青蛙，差不多只有大人的大拇指那么宽，用我们当地话叫“蛤虬”。潮汕人有句俗语叫“惜脚惜手，饿成蛤虬”，就是讽刺那些四体不勤的人活该挨饿，饿得只有蛤虬那么一丁点大。

青蛙不好捉，也可以说是可遇而不可求，相比之下，捉蛤虬要容易得多，而且还极其有趣。盛夏的清早，天才麻麻亮，我们就到田地里去，将早就准备好的一条蛤虬腿绑在一根细线上，对着蔬菜对着草丛抖一抖，将蛤虬逗引过来。它以为是活物，跳起来一口衔住。“钓蛤虬”不用钩子，只需准备一只用铁丝和薄膜做成的兜兜，最好要深一些，在蛤虬衔住同类的腿的那当儿往上一捞，它就逃不脱了。

蛤虬也是一道美味。我父亲很会炒蛤虬，先往锅里放上蒜瓣，待它在猪油的喳喳声中变得焦黄，就将蛤虬一古脑儿倒下去，浇上一勺豆酱，撒上姜丝葱花，再撒点沙茶，就有浓烈的香气从锅里蹿出。一开始我不敢吃，父亲就告诉我，吃了它腿脚才有劲。我问为什么，他说你看蛤虬个头那么小，却能蹦得那么高，你想想看，吃下去多有营养。他还说最好连酥脆的骨头也嚼碎吞下，他说骨头里有钙，吃了身板才硬朗。

青蛙是益虫，现在是不提倡吃它的，现在替代它的是牛蛙。我的家乡有人将大片的农田挖成泥塘，养殖牛蛙。我去看过，泥塘里的水很少，望一眼黑压压一片，还以为是淤泥，仔细辨认才能发现有无数小眼睛在眨动，看得你头皮发麻。那些牛蛙比城里的人还要可怜，一只紧挨着一只，有的叠罗汉似的踩在别只的头上、身上，偶尔挪挪位子，也是懒洋洋的，还是眨巴着那毫无生气的眼睛。牛蛙我吃过，肉质粗糙，不好吃不说，还不大安全，听说有的农民为了让它们长得快，给它们喂了不该喂的东西。自从看了那黑压压的一片后，我就更不敢吃它了。

再说说青蛙，记得好多年前，深圳举办过一个国际奇石博览会，有块石头上绿下白，像极了一只青蛙，名字也起得好，《稻花香里说丰年》，当然价格不菲，我在它前面转来又转去，无奈囊中羞涩，过后却又一直惦记着。我父亲也藏有一枚蛙石，上面却是一对，一前一后拥在一起，像在干什么愉快的事儿。

最近我想画一画青蛙，构思了半天，却画了个“稻草扎”，又画了个小竹篓，最后才算把蛤虬给引出来。其实画青蛙画得最好的，倒不见得非要有青蛙在画里，齐白石老人那幅《蛙声十里出山泉》，里头就没有一只青蛙，只有几尾游动的小蝌蚪，但它却让你听到青蛙呱呱呱的叫声，听到了奇妙的天籁，真乃神奇！

说鼠

有个小故事，说楚地人称老虎为老虫，姑苏人称老鼠为老虫。一个当官的从长州到娄东公干，夜宿驿站，刚熄灯便听到门外响动，问看门人是什么东西。看门人说是老虫，差点把他吓跑，后来才明白不过是老鼠而已。敝乡潮汕，对老鼠一概称为“猫鼠”，究其缘由，可能与玉帝钦定猫为十二生肖之首的传说有关。在民俗文化中，老鼠并非面目可憎，甚至还颇受欢迎，不少地方的传说，都将老鼠塑造成创世英雄，说它咬破混沌以“开天”，为人类运来谷种、找到光明；而善于耕田的牛，因其背负“辟地”的重任而稳坐生肖中的第二把交椅。民间还认为，老鼠繁殖能力强，成活率高，具有子孙满堂的象征意义，至于将它视为大寿星则有点可笑，毕竟老鼠能活多少年已不是什么秘密了。

更滑稽的是，人们一边将老鼠奉若神明，一边又视若仇敌，唯恐避之不及。敝乡有句俗语叫“饲老鼠咬破布袋”，大概是姑息养奸的意思。在现实生活中，老鼠的确无法令人喜爱，它毁坏庄稼糟蹋粮食，让家主财产蒙受损失，所以从《诗经·魏风·硕鼠》到柳宗元的寓言小品《永某氏之鼠》，无不借写老鼠痛斥剥削者和贪官小人。可若论危害性，更厉害的是鼠疫，它曾是人类历史上最致命的瘟疫之一，由于患者皮肤会出现黑斑，又被称为黑死病。中世纪黑死病的肆虐差点儿毁掉整个欧洲。法国作家加缪的小说《鼠疫》，就是描写北非一个叫奥兰的城市突发鼠疫，人们面对灾难奋力抗争的惨烈故事。鲁迅在小说《铸剑》的开头也写了一只老鼠，它的可怜相令主人公不忍下手，从而揭示了人物的性格，也为往后情节的发展埋下伏笔。

当然，老鼠也并非一无是处，尤其是田鼠，曾是乡村餐桌上的一道美味。秋收时节，农人们趁劳动闲暇，于田畴间寻找鼠洞，往两头套上网兜，灌水以捕之。这时候的田鼠，由于饱食谷物肥硕壮健。农人用铁丝套住它们的脖子，一勒，吱吱两声便断气，朝案板上一搁，拿钉子钉住尾巴，开膛破肚，往紫红嫩滑的肉上抹上姜蒜、茴香、八角、胡椒、盐、味精等调料粉，用竹签将其肚皮撑开，串起来挂在院子里风干，吃起来味道像腊肉，又有腊肉所无法媲美的鲜气。对于老鼠，还有一种让人毛骨悚然的吃法，美其名曰“三叫”：生吞未开眼的老鼠崽，筷子夹起——鼠一叫，酱碟里一蘸——鼠再叫，送入口中——鼠又一叫。类似的吃法，最早见于唐代张鷟《朝野佥载》的记载：“岭南獠民好为蜜唧，即鼠胎未瞬、通身赤蠕者，饲之以蜜，钉之筵上，嗫嗫而行。以箸挟取，咬之，唧唧作声，故曰蜜唧。”明代张岱的《陶庵梦忆》、李时珍的《本草纲目》，还有清代徐珂的《清稗类钞》，也都有这方面的记载。

敝乡百姓，也曾视生吞初生老鼠为一大补，只是多用咸菜叶裹住。我小时曾听长辈讲起，有求生欲望极强的小鼠，用小爪子抓破吞食者的食道胃壁，迫使对方受不了将其吐出，虽皮也脱了气也断了，但毕竟没有被吞下去。我于是不禁感叹，这与个人、集体乃至整个民族面对强敌作殊死抗争，何尝不是一个理儿？

说到这儿，忽然想起一篇替老鼠说好话的小说，《聊斋志异·阿纤》：

女主人公虽为鼠精所变，却拥有人类所稀有的优秀品格，感悟生活体察世态，以勤劳智慧最终赢得丈夫的爱。与文学家相比，老鼠的形象更多地出现在画家们的笔下。明皇帝朱瞻基的《瓜鼠图》，可以说是较早出现老鼠的画作。近现代的虚谷、赵之谦、张大千、溥心畬、高剑父诸大家也都有此类作品，其中尤以白石老人最为突出，他有幅题为《自称》的鼠图令我难忘：画面上有一杆秤，铁钩上趴着只老鼠。他的灵感大概源于那句俗语：你也不把自己放在秤上称称。还有另一幅鼠图，上面题写“汝足不长，偏能快行。目光不远，前头路须看分明”，让人感受到老画家朴素良善的本性以及悲悯的情怀。

鱼别

一开始我并不明白，为什么虚谷那么爱画金鱼，且那些金鱼都差不多是饱满的身子，短小的尾巴，怎么看都是一副富贵相，后来读了虚谷的生平方了然，虚谷以画为生，“迎合市场”是所有职业画家的宿命。八大山人也喜画鱼，却没见过他画金鱼。他笔下的鱼常作“白眼向人状”，神情古怪冷漠，一如他那我行我素、时癫时狂的脾性。还有一个人爱画金鱼，那就是吴作人先生。老人虽已作古，但在视频上仍可以看到他如何作画，行笔沉稳灵活，在画鱼尾时旋转笔锋，拖出尾瓣的尖尖来，煞是有趣。

多年以前，我写过一个小说，里面也有金鱼。以养金鱼为生的残疾人与一个寡妇产生了朦胧之爱，后来男人却因担心寡妇的“克夫命”而踌躇，寡妇只好远嫁他乡。面对那条被还回来的金鱼，男人“用充满着温度的手去握住它肥大凉滑的身体”，闭上眼睛感觉到一股熟悉的气息正在悄悄逼近，最终挟裹着他，“把他送至一处令人痴迷、欲罢不能的地方”。这个男人后来把金鱼当成老婆，有林逋的梅妻鹤子那么点意思，当然没有那么恬然自适。

前些时候我读朱天文的《荒人手记》，里面也有关于养鱼和死鱼的体验描述，让人感同身受，因为我小时也很爱养鱼。眼看着活蹦乱跳的小生命不辞而别，朱天文从肺腑深处发出了“死别，便这样，在我最放心无事的时刻，突然拜访。肉身，脆弱不堪一击”的哀叹。香港诗人王良和有篇小说叫《鱼咒》，读来教人震悚。撇开那些人鱼隐喻、变态亲情和家庭暴力不说，光“我”被迫手刃心爱的鱼儿哪吒就足以让人惊心，“我嗅到了新鲜的鱼腥，就像切开一个橙”，充满诗意的文字残忍地拽住了读者，要他们定睛细看主人公如何撕开结在自己伤口上的血痂，体会自虐的快感和一阵阵挫进内心的苦痛：“我轻轻在它的身上划了许多个纵横交错的十字，就像母亲切鱿鱼的做法，哪吒透明晶亮的肉一小粒一小粒地给我刮下来”。

在《鱼咒》中，王良和还提到一种叫彩雀的暹罗斗鱼。在我家乡，却有另外一种本地的斗鱼，谐音叫“沙梦”，身体瘦长有横条纹，灰绿、橘黄、枣红等色彩，尾巴五彩艳丽，犹如战旗。大的“沙梦”足有两指宽，生长于河溪沟涧池坑之中。“沙梦”有个习惯，生殖期吹沫为巢，所以找到那堆细密均匀的泡沫就找到它的家。抓它的方法实在有趣，先用指头点着泡沫，口里发出笃笃的声音，雄鱼以为同类来犯，就会拼命朝它进攻，有时会咬住你的指头跟着离开水面，但为了保险起见，还需要沙箕或网兜加以辅助。捞到的“沙梦”多养在酱色的陶罐里，还要盖上盖子。到了初夏，平原乡村的孩童盛行斗鱼，把一条捧进另一条的地盘里，两军相遇，鱼鳍鼓突鱼身如弓，歧尾在鳞片飞扬的浑水中扇子般地展开，绽射出烈火般灿烂的光焰。

苦斗时鱼儿两口互咬、衔成双抛鱼上下翻转，掀浪鼓波互相角力，松开后再度咬合，有时竟值数十次之多，这就是家乡俗称的“咬沙梦”。若不能分出胜负，就只好提开休息，以免两败俱伤，若是分出胜负，败者必是沿着罐壁窜跑，而胜者则奋起直追。

我曾养过一条“沙梦”，身体的横纹间有七色，是顶厉害的那种，放学回来便抱着陶罐南征北战，打败了街头巷尾几乎所有的同类。

沈复在《浮生六记》谈到过，“余忆童稚时能张目对日，明察秋毫，见藐小微物必细察其纹理，故时有物外之趣”。可惜现在的生活都那么匆忙，我们很少能闲下心去观察身边的事物，探求“物外之趣”。我曾打算在家养一缸鱼儿，终因害怕投食、换水的麻烦，还有受不了深夜鱼缸咕咕的抽水声而放弃。既然不能养鱼，就只好在画里观鱼了。想看看，就拿出虚谷的画册、朱耷的画册、吴作人的画册，一页页地翻动，那些鱼儿犹如坠入深涧之中的深秋落叶，璀璨无比，仿佛有了生命，悄无声息地游动，其振动的波圈交错着向远方扩展，进入了无限。

潮汕的新年

全家福

第二辑 俗世

人在草木间

故乡多瘦人，我以为与饮工夫茶有关。梁实秋先生曾慨叹“茶之浓酽胜者，莫过于工夫茶”。用什么茶叶？铁观音、龙井、碧螺春、香片、大红袍、普洱皆可，不过喝的最多还是本地的乌龙茶。乌龙茶多种植于潮州凤凰山一带，分单枞、黄枝、水仙等品种。凤凰山我曾打算去，最终未能成行。潮剧里《辞郎洲》第一场的“凤凰劝郎”指的就是那个地方，曾是畲族的聚居地。

潮汕人喜欢管茶叶叫“茶米”，这可能与他们嗜茶若命、茶与米不可分有关。自古以来，家家开门七件事，柴米油盐酱醋茶嘛。我爱喝茶，只是一种习惯，对茶并不在行，只觉得本地乌龙要比别的茶多一股山野之气，醇厚有肉，粗砺舒张，苦涩而后喉底回甘，当地人称之为“有喉底”。这种感觉有点像我初识宾老的山水，墨墨团团艰涩难懂，看久了方喜欢上。

这种“有喉底”的茶汤，是能够提神醒脑的。每次返故里，一喝此茶，当夜必失眠，不过奇怪，第二夜喝得再多也能安然入睡。这种茶还有个特点，“搜肠刮肚”，所以我觉得它更适合于饕餮大餐之后饮用，清除油腻，帮助消化。说到清除油腻，我倒想起一个与茶有关的故事来，儿时听的，简直有点惊心动魄：有个女人想谋害继子，每餐以白如凝脂的猪膀给他拌饭

厚堂

吃。没多久这孩子便面黄肌瘦，连说话的气力都没有。私塾先生知道后也不吭气，每天饭后只管给他冲几杯色如酱油的工夫茶。我不知道他用何茶叶，反正继母看着那孩子一天天变得壮实，后悔不迭，也给自己的亲生小儿喂猪膀，不出半年就将他送上了黄泉路。奸人不能得逞当然是件快事，只可怜那不懂事的小儿枉送了性命。

更多时候，饮工夫茶却是以一种生活的情趣呈现的，良朋欢聚，亲人重逢，酒后清谈，静夜赏月……一般说来，有茶俗的地方多有茶馆，以闲逸闻名的蜀地就不必说了，据说苏州旧时的茶馆也不少，他们把上茶馆叫作“孵茶馆”，吃完早点喝茶水，久坐不愿离去，直到把肚子里的东西消化干净。粤地也有喝早茶的习惯，有次外地朋友来深，我邀他们喝早茶，到了茶楼，看着那些点心一小笼一小碟地起，烧卖、虾饺、凤爪、叉烧包、肠粉、啫喱糕，还有大碗的皮蛋瘦肉粥……他们面面相觑，原来担心一大早喝茶挨饿，他们在路上已经填饱了肚子。

潮汕平原却少茶楼，原因很简单，几乎家家户户都备有齐整的茶具，饭后一杯茶，客来便“起火”，谈生意也要先饮茶，几盅润喉，气氛便变得更加轻松亲切，化矛盾于无形，彼此间坦诚相见。我一直以为，潮汕人能做好做大生意，工夫茶功不可没。

关于喝茶与做生意，家乡还有这么一个传说，某生嗜茶成癖，无暇他顾，导致家道中落沦为乞丐。某日路经一茶铺，见老板正冲工夫茶，茶瘾又犯，上前乞要一杯。老板暗想乞丐不乞食物，却乞茶，奇怪。遂给他一杯，待他饮完后问，此茶如何？某生竟嘴巴一张便说出它的品种、产地还有工艺上的缺失等。老板当即刮目相看，请入店堂细叙，力邀他以技术入股。合股后某生竭尽心力把茶铺经营得红红火火，老板却只给他够吃够穿的小钱。

某生心存疑虑却又羞于启口，三年后辞归故里，始发现茅草屋已变成了大瓦房，原来老板早就将他应得的花红拨回家中。这个故事自然是茶事改变人生的一个例子，但更重要的是它传达了传统道德中的“信”和“义”。由此看来，饮工夫茶更是一种文化，一种精神，也难怪世人称之为“茶道”。我小时并不知道，长辈们那些司空见惯的冲茶程序、动作其实都有着一种形式美：候汤、洗茶、刮沫、淋罐、烫杯，尤其到了洒茶，洒必各杯轮匀，称作“关公巡城”，又必余沥全尽，遂叫“韩信点兵”……就是给茶叶取名，最好也讲究点形式美。几年前，有蜀地朋友给我寄过一种苦丁茶，泡在水里舒展开来如细嫩新叶，把水也染得绿盈盈的，名字叫“青山绿水”。我在成都还喝过一种茉莉花茶，很普通，名字却不俗，“飘雪”，美得让人不忍啜饮。

日本的茶道是很注重形式美的，那种考究与拘泥有时让你觉得近乎病态，擦碗、接物、品饮、观赏茶具乃至说话等，都有着一套严格繁琐的规矩。相比之下，我更喜欢工夫茶这样，重视品饮的享受，讲究自然、随意的操作和雅致、幽远的情趣，就好像“临风一啜心自省，此意莫与他人传”（元代洪希文《煮土茶歌》）那样，多么美妙的玄思与境界啊。不过倘若要细究，工夫茶也自有一套高深的“茶道”。就说那三只茶盅，组合起来便是一个“品”字，品茶，可识人品，知其素养也。乡人陈香白先生的《潮州工夫茶》还谈到淋杯后的“滚杯”，将一杯侧置于另一杯之上，中指肚勾住杯脚，拇指抵住杯口并频频向上推拨，使侧置之杯作环状滚动，叮当之声轻奏，其中便蕴藏了工夫茶之“圆道”思想，个体生命的律动通过白杯的圆转与宇宙的大循环融为一体。“关公巡城”“韩信点兵”也一样，通过回环往复显示了“茶道”对生命价值的尊重，品茶者不分贵贱一视同仁。

好像是，陆羽之后才有“茶”字，也才有茶学。“茶”字拆开来就是“人在草木间”，它再次印证了人类从古至今渴望与自然和谐共生的美好愿望。潮籍作家廖琪先生有部长篇小说叫《茶道无道》，就是以茶事为主线，通过跌宕起伏的故事穿越历史烟云，揭示了“茶道即人道”的深刻内涵。

我喜欢茶，还喜欢饮茶时的那种氛围，知堂老人在《喝茶》里这么说：“喝茶当以瓦屋纸窗下，清泉绿茶，用素雅的陶瓷茶具，同二三人共饮，得半日之闲，可抵十年尘梦。”光从这句话你就可以判断，他是感性的，也只有感性之人才能发肺腑之言，做优游之梦。艺术之于现实，不正是一个梦么？知堂老人所说的这种饮茶场景我并不陌生，这也是我那么喜欢宋代诗人杜耒那首《寒夜》的缘由。

寒夜客来茶当酒，

竹炉汤沸火初红。

寻常一样窗前月，

才有梅花便不同。

客人来了，炉火正旺，一股醇厚且带着暖意的茶香弥漫了整个房间，亲情、友情与外面的严寒形成对照，再加上朗月疏梅，思想已进入了另一种境界，在这种境界里，还有什么俗事烦恼不能抛却的？

食鱼帖

小时候吃饭，家里大人总要提醒："食不语"。倒不是怕我们"不学礼，无以立"，而是担心鱼骨卡喉。乡人素喜吃河鲜海产，大约是"山居食山，水居食水，各从所嗜"的缘故。一千多年前，韩愈贬谪潮州，吃得很不习惯，在诗里向好友大吐苦水，这首叫《初南食贻元十八协律》的诗无意中成了后来人研究"潮州菜"的重要文献，里面所提及的鲎、蚝、蒲鱼、蛤、章鱼、江瑶柱等数十种原料和盐、醋、花椒、酸橙等调味品，可助今人了解潮汕先民到底吃什么，怎么吃。清代的《潮州府志·风俗》里也同样记录了乡人"无海鲜不成宴席"的饮食习惯："所食大半取于海族，故蚝生、鱼生、虾生之类，辄为至味……"。就像《澄海县志》里说到的鱼生，"披云镂雪，洁白可爱，杂用醋薤等物食之"虽令人胃口大开，但放在今天，却未必敢于放心食用，究其原因有二，一是水质堪忧；二是鱼身上可能长了寄生虫。

不管长辈如何提醒，我小时仍有过鱼骨鲠喉的经历，且不止一次。吃着吃着，嘴巴紧闭一动不动，眼里涌出些许泪水。这种情形，大人一看就明白怎么回事，我自己却仍不肯相信，试着轻咽一下口水，若喉咙只是痛而感觉不到异物，说明鱼骨已经咽下，过一天两天就会没事。照此类推，若有刺痛感，则说明鱼骨仍在，解决的办法有不少，一种是大口吞饭将其咽下。这种办法比较可行，但近来有文章指出，这么干有划破食道的危险，劝人不要轻率尝试。还有一种是喝米醋以软化鱼骨。此举极难奏效，可想而知，醋到嘴里就被唾液稀释了。再不济，有人会请有法力的人画化骨符以解危，我不信神鬼，若要我建议，还是尽快就医。

说来惭愧，我是个懒人，如若可以选择，我会挑刺少的鱼吃。“江上往来人，但爱鲈鱼美”（宋代范仲淹《江上渔者》），鲈鱼刺少肉也鲜美，多吃一点无妨。还有鳜鱼，沈从文先生在小说《船上岸上》中提及：“‘我’与叔远在街上买梨，梨子可口，但一听到吃饭时有鳜鱼，就忍住没吃梨子了。”鳜鱼又叫鳌花鱼或桂鱼，肉质丰厚坚实，味道不错，刺也少，但价格不菲，过去穷人是吃不起的。此外，海里的带鱼也没有什么小刺，家大人常将其切成一段一段拿油煎得焦黄，吃时拿牙齿一咬，两大块的肉就下来，只剩中间那根粗大的鱼骨。带鱼易吃，但肉质稍嫌粗糙。还有就是剥皮鱼，两三个指头宽的最为适宜，肉嫩刺也少。如果吃这种鱼还嫌麻烦，那就只能去吃“鱼松”了。老家的鱼松颇有些名气，做法是剥去鱼皮剔除鱼骨，放至热锅里用文火慢烤并不断翻炒，直至水分将干鱼肉纤维分开呈蓬松状。要不然就干脆吃鱼丸算了。

好像民间有种说法，鱼刺越多鱼肉越嫩，不知是何根据，也或许是相信“世之奇伟、瑰怪，非常之观，常在于险远”（宋代王安石《游褒禅山记》）而产生的误会？不管怎么说，总有一些人不惧鱼骨，甚至于嗜食鱼头。在过去，懂不懂吃鱼还是判断一个人家境出身的标志之一，因为普通人要想吃上大鱼好鱼，除非是在大年大节的酒席上，而且吃法也受到了约束，

一般来说，鱼头和鱼尾都不能动。曲终人散，鱼头鱼骨鱼尾仍完完整整地保留在盘子里，像出土的恐龙化石。说到这，不由使我想起老家的一个故事，也跟吃鱼有关：旧时土匪多，常于夜间下山掠夺村民，再找他们的家人“要”钱。穷人是根本拿不出钱的，而富人却鬼精，混在穷人堆里跟着哭穷，让土匪难以区别。怎么办？土匪头子心生一计，让他们围在一起吃鱼。穷人平时节俭惯了，将每条鱼都收拾得干干净净。有钱人对吃向来挑剔，一下筷就是冲着鱼最好吃的部位——“松鱼头、草鱼尾、鲤鱼喉、鲢鱼腹、鲮箭鼻”，谁富谁穷简直一目了然。

说到刺多肉才嫩，有一种鱼却是例外的，它浑身灰白透亮，由一根软骨贯穿全身，两边的鱼刺软不拉几的像猫的胡须，其外形颇像一件玉雕，鱼肉则颤颤然如豆腐脑，煮熟后可小口小口吮吸。在家乡，倘若你正儿八经地说龙头鱼，没几个人知道，若说豆腐鱼、“佃鱼”或者九肚鱼，大家全都明白。还有些地方叫它“鼻涕鱼”，听起来有些恶心，不过十分形象。

老家吃豆腐鱼通常有三种做法，一种是放进薯粉里煎成“鱼烙”，浇鱼露吃；一种是挂糊油炸，蘸橘油或番茄酱吃，但我以为此两种皆不得法，原因很简单，鱼一经油炸或煎烙，鲜味会大打折扣，我更喜欢将它切段后拿酸菜叶煮汤，完了再撒上一点胡椒粉，味道清甜鲜美。此法看似简单，却能保留食材的本味，入潮菜“大味至淡”之境。

“前身色相总无成，不听菱歌听佛经。莫道此身沉墨海，性中自有大光明。”这是《红楼梦》中惜春出的谜面，贾政猜是“佛前海灯”，我以为也可以是木鱼。木鱼当然不能拿来吃了，但关键是为什么寺院里一定要有木鱼，而不是木鸡或者其他，唐代高僧怀海禅师在所撰的《敕修清规》中做过解释，引在这里也颇有意思，虽然离题很远了。“木鱼，相传云，鱼昼夜常醒，刻木像形击之，所以警昏情也。”看看古人的这些想法，真是不能不叫人心折。

说到吃鱼，不知怎么了，我总要想到怀素的《食鱼帖》，他在里面直陈自己整日吃鱼吃肉还有饮酒，老为常流所笑。此举在当时要比吃多刺的鱼危险百倍，他却泰然处之，其境界吾辈凡夫焉能企及？但有时我又想，倘若他受缚于佛门诸戒，老老实实做他的和尚，其书法也必然拘于法度，决难逍遥“法”外。

白粥滋味

不少人到了潮汕，总惊讶于一种现象，便是“食糜”。粥在潮汕话里叫作“糜”，我国最早辞书《尔雅》便有过这样的解释：“粥，糜也。”东汉许慎的《说文解字》也提到“黄帝初教作糜”。潮州话向来被当作古汉语的活化石，里边保留着一些古中原的语言成分和传统用法也是不足为奇。

我在家乡生活了十多年，天天喝粥，而家家户户也煮粥，多少年过去了，不曾有过变化。如果叫我来说说吃粥的好处，实在是说不出什么漂亮话，只能约略说它可口，能解渴，易消化，而倘若让我一天两天不喝粥，我以为也没什么大不了的。只是如果条件允许，我还是愿意天天喝粥。这到底是为什么？难道仅仅归结于一种习惯？这个问题我恐怕回答不了，只能就我所知的拿来一说，也不见得人人都能同意。

有人认为潮汕地少人多，过去煮粥是为了节粮，我觉得颇有道理。生活虽难，但总有人拿出办法来，就像清代海禁解除之后，潮汕人就常往南洋购进暹米，清嘉庆《一统志》的“暹罗条”就有记载：“澄海县商民领照赴暹买米，接济内地民食。”也有人说，吃粥是为了养生，那只可针对富有的阶层，对于连饭都吃不饱的普通民众，简直就是奢谈。

说到潮汕粥，跟其他地方的粥是有些不同的，通常将大米煮至米粒“开花”即可，米是米而水还是水，黏而稠，如若再煮下去就会没嚼劲了。煮粥当以用新米，最好是产自春季或者6月上旬的新米。从前，城镇粮站供应的都是些战备时的陈粮，且不说有一股霉味，里边还有沙子、草屑等杂质。家里大人拿“米簿”将其购回后，先留下一部分用于焖干饭，其余的拿去跟农民换新米，专门用于煮粥。

新米熬至开花时，呈淡绿颜色，清香扑鼻，吃进嘴里黏稠爽滑，不用咸碟小菜便能下它个三大碗，非陈粮所能匹比。对于一般农家来说，米粮却往往不够，男人需要下地干活，粥煮得差不多，主妇就会用笊篱捞出一碗两碗的“干饭”。这“干饭”当然没有焖或蒸的干饭来得实在，饭粒因饱含水分而膨胀，显得松松散散，但总比单纯喝粥要经得起饿。也只有那个时候，你方能明白什么叫“巧妇难为无米之炊”。

还有一种办法也是能够缓解粮荒。“饭不够，地瓜凑”，印象中许多农家煮粥，里面常加入番薯块或番薯丝，算是杂粮粥，现在偶尔尝尝倒也无妨，若叫你天天这么吃，胃不仅会冒酸水，放出来的屁恐怕也带了地瓜味。所以参加生产队的集体劳动，吃干饭，“一碗平，二碗满，三碗要装最最满”，就成为那个年月人们争吃的秘诀。听说乡里有个坏小子，在装第二碗饭时忽然想要捉弄一下别人，就故意拿饭勺刮一下锅壁，大伙以为饭快没了，为抢在别人之前多盛一点，一个个吃得脸红脖子粗，模样十分狼狈。

我小时家境尚可，但大人管束甚严，吃饭一定要扒干净，说不扒干净往后会讨个麻脸媳妇。如有饭粒掉在桌上，也须捡起吃掉。我当然是不大情愿，但又不敢违逆，就将知道的一笑话讲出来，以“回敬”一下大人们：有个吝啬的人到亲戚家，见有颗芝麻掉在桌面的缝隙里，很想将它挑出来又不好意思，忽然灵机一动，对着桌子响响一拍：打死你这死苍蝇。芝麻果真跳了出来，于是他伸出一个口水濡湿的指头，沾起来放进嘴里。讲完后我大笑不止，大人们却一个都没笑，大概是因为他们经历过饥荒年，尝过挨饿的苦。后来我读阿城的《棋王》，看到王一生吃干缩的饭粒儿那副虔诚的模样，自己也一样笑不出来。

至于喝粥还能够养生，今人已经谈得太多，在这里我只作一点补充便可。北宋文学家张耒曾作《粥记·赠邠老》，劝人食粥自养：“今劝人每日食粥，以为养生之要，必大笑。大抵养生命、求安乐，亦尤深远难知之事，不过在寝食之间耳。”那意思是提醒人们不要小瞧一碗米粥的作用。而最早谈到潮州粥的似乎是元人李杲，他在《食物本草》中录有苏轼帖：“夜饥甚，吴子野劝食白粥，云能推陈出新，利膈益胃。粥既快美，粥后一觉，妙不可言也。”吴子野是潮州人，东坡居士的好友。

除了白粥、杂粮粥，潮洲粥中还有“香糜”，就是于煮粥时加入鲜虾、肉蟹等海鲜或鸡肉、猪肉等肉类，近年尤以砂锅做法风行一时，其味也鲜美。不过我最喜欢吃的仍是白粥，屡吃不腻的也是白粥。白粥之好，在于它可以跟一切的菜肴小食搭配，而非要以自己的味道去迎合食者的口味。有白粥在，无论酸辣咸涩一切都不在话下，就连青橄榄也能够品出甘美来。还有就是，再好的菜肴吃完了，也需要一碗白粥妥帖地安抚肠胃，如电脑里的一键还原那样让味蕾回归本真。由是观之，平凡的白粥又有它的不平凡之处了。

“人莫不饮食，鲜能知味也”，世人往往只赞美那些味道香浓的食物，而不屑于去品味单纯、清淡、平和的隽永。“莫言淡泊少滋味，淡泊之中滋味长”，小小一碗白粥，可见“潮菜”灵魂。在吃白粥之时，只要用心体会，便能品咂出个中滋味，当然不是世俗的五味，而是人间之大味。

蚝事近

吾乡近海，产蚝，时至今日也不便宜，过去更是待客的好菜，要不是好菜，也就没有下面要讲的那个“罚贼吃蚝烙”的故事了。

蚝烙，台湾同胞叫作“蚝煎”，我在士林夜市吃过一回，味道相近，稍有不同的是最后浇上番茄酱一类的东西，老家却只浇鱼露再撒点胡椒粉和芫荽末即可。煎蚝烙讲究“旺火厚朥香鱼露”，所谓厚朥，就是平底锅底要铺一层厚厚的猪油。蚝烙之好，不仅仅在于它能让人吃到海鲜，还可以饱肚子。台湾同胞说郑成功从鹿耳门率兵攻打荷兰军队，意欲收复失地，荷军临走前把米粮全藏起来，郑军缺粮，情急之下以当地特产的蚝仔、番薯粉混合加水煎成饼子吃，想不到竟一路传下来。为此，我查阅了一些资料，发现老家没有比此传说更早的关于蚝烙的记载，比较清晰的说法是，清末潮州城镇各地制作蚝烙的小食摊较为普遍，到了民国初年，开元寺附近的泰裕盛老店尤为出名。

打从记事起，我便注意到市集侧旁，或戏台前后，常摆有这样的小摊子，让你花不了几个钱却吃得满嘴流油、鼻尖冒汗。每年入秋至次年三月期间，是吾乡吃蚝的大好季节，天气转凉，蚝越发长得肥腴白嫩，家里经济稍过得去的都免不了要买点回来，或煮或煎，一饱口福。关于选蚝的标准，有人总结为“一大、二肥、三白、四嫩、五脆”，我小时只爱吃蚝烙，皆因其用小蚝，对于大蚝却不大喜欢，总觉得它没有煮熟，牙齿一挤蚝膏就凉凉地喷溅出来，带着一股凌厉的腥气，但喜吃的人却说爱的就是这股鲜气。

既然蚝烙如此好吃，又怎舍得拿来惩罚窃贼呢？请听我慢慢道来。话说某乡里为孩子们请来一位教书先生，各家轮流做东。先生爱吃蚝烙，此消息一旦传开，家家都以此为标准，一顿两顿还觉得可口，吃多几回就受不了，又碍于礼节不便言明。某日乡里抓到一窃贼，不知该如何处置，就去请教先生，他竟然脱口而出：“罚他吃蚝烙！”若按我小时的观点，罚他吃大蚝岂不更加解恨？

我后来上学，读到莫泊桑的小说《我的叔叔于勒》方吃了一惊，蚝原来就叫牡蛎，且不独吾乡有，遥远的法兰西也有。我至今仍然记得文中两个女人在船上吃牡蛎的情形，其吃法很文雅；用手帕托住它，头稍向前伸，然后“嘴很快地微微一动，就把汁水吸进去”，而那个拿小刀撬蚝壳的糟老头就是“我”家盼着他发财回来的于勒叔叔。多年后我又发现，法国人吃蚝好像达到狂热的程度，据说巴尔扎克有过一天吃下144只大蚝的纪录，而到处征战的拿破仑，以大啖鲜蚝来保持旺盛的精力。还有一个与蚝有关故事，离奇得像是杜撰出来的——法国国王路易十四曾有个亲信叫罗赞公爵，他被送上绞刑架前曾要求来一份搭配白葡萄酒的生蚝，并劝刽子手也吃一点，说执行任务可是需要勇气的。说到这里，我倒想起契诃夫的一篇小说来，名字就叫《牡蛎》，它说的不是蚝的好吃，而是蚝的“难吃”。我年少时读过，约略记得是写一对穷困的父子，饥饿难忍，那些有钱人不是给予同情和帮助，而是用请小孩子吃牡蛎来看他们的笑话。当时读后的感觉一定很不好受，所以才没有彻底忘掉。

说到蚝的好吃，清代李调元在他的《南越笔记》有过记录：“生食曰蚝白，腌之曰蛎黄，皆美味。”苏东坡被贬到海南的儋州后，写了《食蚝》一文，还给弟弟去信，说当地的蚝如何如何可口，开玩笑说“毋令中朝大夫知，恐争谋南徙，以分其味。”其乐观旷达的心境已跃然纸上，何须我辈在此饶舌？在老家还有一说，蚝可壮阳，我开始有些不信，查了《本草纲目》，里面果然有载：“生蚝，治虚损，壮阳，解毒，补男女气血，令肌肤细嫩，防衰老。”也就是说，吃蚝对男人女人都有好益。

蚝虽好吃，却并不好养，吾乡人工养蚝可追溯至明代，历史久远。每年农历三、四月，过去乡人先要从山边开采岩石，用船运至选定的浅海滩涂投放，整成一畦畦跟种菜似的，现在则多采用立水泥柱结尼龙绳，挂回收蚝壳串以养蚝。端午前后正是育苗时间，最怕遇上台风。每年冬春季则是蚝的盛产期，人们要早早起床，将小舢板拖入水中，或者踩上木制的“涂跳”，背着篓筐、粪箕、拿着蚝钩、蚝凿采蚝，回来后还要撬开蚝壳，将蚝肉放入盆、桶之中经“蚝笤”浸漂，使蚝肉变得洁白干净鲜甜可口。

在潮菜里，老辈人以为蚝与酸菜煮汤最为合味，所以适逢喜事办席，必有此菜，而蚝烙也一样不能落下。至于炭烤生蚝，好像近些年才兴起。我在深圳常去吃蒜茸烤蚝，香蜜湖食街未拆前有几家做得不错的，汁鲜肉美，一次能吃一打。数年前我曾请一位内地来的朋友去吃过，他连说几个好。我问他好在哪里，他说好在新鲜，肉连着壳一起烤，能不新鲜么？我原想告诉他这蚝肉是做熟后再搁进壳里的，但看他高兴的样子不便扫他的兴，只劝他多吃点，毕竟蚝对于男女都是有好处的！

角色，有很强的群体意识和忧患意识，喜欢生儿育女……但潮汕人毕竟不是甘于平庸的巴浪鱼，他们中的一些人，具有敏锐的商业眼光和非凡的商业魄力，凭借着“小小生意能发家”的信念，还有视人生磨难如等闲的勇气，“咸鱼翻身”，成为商海中的巨鲸，使“潮商”的群体崛起并闻名于世。不过即便是最成功的潮汕人，也改不掉原来的饮食习惯，我的身边不乏日进斗金的人物，但他们对生活的要求依然简单朴素，一碗白粥，一盘鱼饭，一碟青菜便连呼足矣。

就在去年，有位北方的朋友来深圳，竟然向我提出要吃鱼饭。几年前他在汕头吃过，再也忘不了。我问他喜欢鱼饭什么？他说鱼饭除了搁点盐，不加任何调料。他真是个美食家，此无味之味，乃至味也。

月糕，还有彩青

潮汕平原有“云盖中秋月，雨淋元宵灯”之说，即以中秋夜月之明暗，预兆来岁元宵时段的晴雨，我还以为这则民谚同时道出了孩子们眼中最败兴的情形。在中国传统节日里，中秋可算是最美好的，它的美好在于人们经历了漫长的炎热终于迎来了凉爽的天气，它的美好更在于能够在凉爽的夜晚看着那轮盘子大的明月，慢慢翻过屋脊爬向树梢，将大街小巷、山川河流照得明晃晃亮晶晶。

晚上七八点，家家户户大门敞开，在门口、院子或天井摆起八仙桌，披上缀有流苏的桌布，摆上丰盛的供品——糕饼甜品、芋头、香茗还有五果：红柿、番石榴、林檎、龙眼、橄榄……点第一炷香献四方，再插入香炉。闲下来了，大人便领着孩子沿街串门，看看谁家的供品丰盛，“月糕”做得精美诱人。早在数天前，主妇们便开始忙碌，用亲手做成的月糕来供奉“月娘”，以求得她对家人的庇佑。

从材料上，月糕分为黑芝麻糕、绿豆糕、米糕等好几种，大的像盘子，小的如象棋。月糕是用刻有石榴红花、仙鹤葫芦或弥勒佛一类吉祥图案的“糕印”压出来的，扣在一张方方正正的红纸上。对于那些拜神用的，大人还要拿根竹枝或香梗，蘸点胭脂鼓着腮吹，雪白的月糕就像小姑娘的脸蛋立刻浮起一抹红晕，好看极了。如果没有记错的话，应该是在做完月糕之后，我和两个妹妹就能分到属于自己的那一份，通常是一块大的加几块小的。我们小心地把它们装进一只铁盒里，每天上床前都要拿出来看一看数一数，摸摸这块，摸摸那块，像对着养熟的宠物叨咕着，就是舍不得吃。那段时间，我们兄妹仨就像玩水中憋气那样相互较着劲儿，看谁忍受不了馋虫的折磨。

小妹第一个认输，她边拿起一块月糕边看看我们，嘴巴吧唧吧唧故意吃出动静来。我和大妹不为所动，甚至还带着些许幸灾乐祸，看她把心爱的月糕一块一块地吃掉。然后就轮到大妹了，她每吃一块月糕都要哭一回，仿佛叼在她嘴里的不是月糕，而是自己的一块肉。我怀疑她根本就没有吃出月糕的味道，她会不会以为月糕是咸的涩的呢？

一转眼大妹的月糕也吃完了。两个妹妹都争相巴结我，对我惟命是从，希望能与我一起分享月糕。我想我的目的终于达到了，笑到了最后，却万万没有想到是哭到了最后。有天，母亲好像忽然想起来，告诫我们，月糕再不吃就会坏掉。我觉得是时候将月糕拿出来炫耀和享受了，就当着两个妹妹的面郑重打开盒子，一下傻眼了——我那些舍不得吃的月糕全都发霉了。刚开始我还心存侥幸，希望大人能拿出什么有效的补救措施，结果得到的回答却是“扔掉”。我像失去至亲一般嚎啕痛哭，然后在父母的劝说声中将月糕一块块地掰成碎屑撒给鸡吃。我大妹站在旁边好心地安慰我说，哥，你很快就能从鸡蛋里吃出一股月糕味儿。我怒目而视，就差一巴掌扇过去。

说完了月糕再说说“彩青”，因为即使是潮汕人，也不一定都了解它。听说过去，平原上有些地方赏月是要摆上彩青的。什么是彩青？就是彩塑，用蔬菜、水果、谷类等材料制作一些有趣的东西，以暗喻幸福的生活或祈祷未来行好运。对于许多酒楼食肆来说，奇丽的彩青无疑是炫耀实力、传播声名的捷径，所以都做足了准备以期获得好评。有的商铺会采用白萝卜雕成鹤的羽毛，用红萝卜做成鹤的丹顶，拿竹枝支成长腿，以黑豆装点眼睛，四周再配几只小鸡，笋皮做的羽毛、番茄做的鸡冠，显得无精打采的，那立意再明显不过——鹤立鸡群。也有的卤鹅店伙计，用白面塑一只大肥鹅，足足有真鹅那么大，挺着脖子张开宽阔的翅膀像要朝你奔来。卖“猪头粽”的老店则爱在“猪”字上做文章，可用面筋捏一头大母猪和一窝小猪崽，也可做成搞笑的“猪八戒背媳妇”。

传说有位师傅被酒家请去献艺，他只要了一只大缸，把它神秘地锁进柴房里。眼看中秋将至，主人家急了催他，他却没当回事。到了中秋夜，围观者众，他抬出个大缸来，引起一片哄笑。主人下不了台，都要发火了，他这才不慌不忙地揭开盖子，里面竟是长满茸茸白毛的“猴子”。原来他早就用豆渣捏成好几只“猴子”封存在缸里，等着它发霉长毛。他把“猴子”一只只地捉出来，倒挂在早就准备好的一截树枝上。那些“猴子”神态调皮动作各异，栩栩如生。他再端出一盆清水搁于“猴子”下边，清水里立刻跃出一轮金色月亮。

没听说吧？这就是轰动一时的彩青逸品“猴子捞月”！

青草药

在城里，不见得时髦的年轻人会在乎青草药，也只有老家那些上了年纪的人才服膺“病症看得透，青草二三丛”这样的古训，将代代相传的草药口诀背得滚瓜烂熟。“头烧烧，三个葱头三片姜”，“脚痹痹，挽草来贴鼻”……他们用时令草药水煎饮服，对付那些小病小痛，就算一些看起来是疑难杂症，他们也自有一套解决的办法，而且听起来颇为神奇，若不是我小时亲见，或者切切实实经历过，说什么也不会相信。譬如吃了河豚中毒，用黄麻叶加红糖水煎服；中了野菇毒，拿新鲜野葛根熬水饮下；小儿得了蛲虫病，大人则拿“抹草”揉成团，等夜间孩子睡着贴在他的肛门处，蛲虫闻到草香一头钻进“抹草”团，一举歼灭。

在孩子的眼中，家里的大人几乎当得起半个郎中，至于真正的医生，就是那些 “走乡药郎”了。走乡药郎大多家传师授，再经过长时间的摸索积累，拥有了治病救人的本领。他们肩挑药囊，悬挂葫芦，手摇铜铃或弹拍竹鼓，经村过寨走街串巷，无论是冷得难受的冬日，还是热得难受的夏日，住得再偏僻的人们也能听到他们叫卖丹膏丸散的声音，洪亮有力，犹如潮剧里的“老生”。他们喊：“缓时药，紧时用，大伙们快来瞧瞧啊”，他们还会喊：“过了这村没那店哪——”据说与我同县的一位走乡药郎因懂得吆喝而大名远扬："涂藤头，板蓝根，猫毛草，金银花，火煲水食，凉血解毒药效好……"人们于是放下手头的活儿跑来围观，看病，求药，赶墟似的热闹。

在清代或者民国，走乡药郎就是穷人们的"救星"，赞誉甚多。关于走乡药郎的传说很能反映出他们一些救死扶伤的事迹，以及当时在百姓眼中的地位，民俗家的文章里也时有提及。譬如有个叫林含铃的郎中，平时卖些草药根及丹膏丸散，说得好听叫济世救人，说不好听叫挣些微利度三餐。这种终日奔波的生活，年轻力壮时尚可，随着年纪的增长，精力渐渐不济，只希望找个固定的地方以结束这种"云游"的日子。有天夜里，他梦见一位仙翁提醒他，"绳断囊掉之时，便是你艰苦创业之地"。一天，他行至隆都鹊巷村卢厝时，忽然绳断囊掉，药物抛撒一地，便借凑些银钱，在卢厝置地创办"长安堂"药材铺，并将扁担及药囊悬挂于前堂的横梁之上，以证明神仙梦授之说不虚，从而给自己的行医生涯蒙上一层神秘的色彩。这样的"广告"比哪个名人代言都管用，毕竟谁也没有像神仙那样具有恒久、崇高的魅力。

家乡还流传一对师徒的故事，也似乎与如何施用青草药有关。开头是老郎中颇得声名，后来却慢慢地输给自己的徒弟。老郎中不解，同样都开那几味药，为何对方的疗效更加显著？后来经暗地里打听方弄明白，让老郎中自叹弗如的不是什么医术，而是徒弟"手门硬"，狠得下心加大药量。

世人大多只求疗效，很少顾及用药伤不伤身，这就好比当下的一些医生，一感冒就给病人开抗生素让他打点滴。

在西医大行其道的今日，潮汕平原笃信青草药功效的仍大有其人，他们不仅拿青草药调剂身体解除病痛，还将它当成汤料煲出一道道靓汤。而那些代代相传的做粿食粿传统，实际上也是一种食疗。人们在不同的时节里，将鼠曲草捣烂和粉做成了"鼠曲粿"，将"鸡屎藤"捣烂和粉做成了"青叶粿”，将捣碎的栀滤出黄色药液和粉做成了“栀粿”……既能享受美味，又不用蹙起眉头去喝苦涩的凉茶。还有一些食肆酒家，拿那些不苦不涩的青草药煲出凉茶供客人饮用，既贴心又符合饮食健康的新理念。此种方式对于潮汕人甚至广东人来说，早就习以为常，而对于外地人，常会发出诸如“潮汕人在宴席上不忘喝中药”之类的惊叹。

再说过去的郎中，除了给病人诊断施药，还多多少少学会念些真真假假的祛病“神咒”。比如帮孩子拔掉卡喉的鱼骨，还要郑重其事地在他头顶摩挲几下轻声哼唱：“小小鱼刺，见药就化，小小鱼骨，见咒就脱……”，如今看来，咒语对病人的确能够起到心理抚慰的作用。还有更神奇的，过去要是哪个孩子得了“猪头肥”，也就是腮腺炎，大人就会请来一位属虎的老爷子，掂起毛笔饱蘸墨汁，煞有介事地在孩子红肿的腮帮上画圈儿，再朝里面写个大大的“虎”字。据说虎咬猪，第二天孩子的脸果真消肿，真不知是啥道理，有人说墨汁里含有消炎解毒的药物元素，我一直将信将疑。

喝酒

我不太懂酒，说不清国人何以对酒如此依恋。只知道在诸多社交场合上，少了它似乎就少了激情，少了活力，少了氛围。有句俗语叫“烟架桥，酒引路”，那意思是说，通过烟酒的热络润滑，结交朋友。朋友多了路好走，这是社交场上尤其是生意场上的常识。我常暗自思忖，请问这世上尚有何种东西像酒一般普通，却又为人类担负起如此重大的使命？

说到喝酒，我总有些胆怯，一是没酒量二是没胆量。要是在聚会上碰到会喝酒的朋友，气势上先矮了三分，到北方或者西部出差，更是胆战心惊。许多地方都有喝酒的规矩，也都有会劝酒的朋友，譬如有一回去河南，做东的朋友说按照当地规矩，首次见面主人干一杯，客人干三杯。这个规矩究竟是谁定的？不好追究，只当是人家的一番盛情厚意，更何况有那么多双眼睛紧紧盯着，一副热切盼望的样子。我就只好“入乡随俗”地喝下去，脚底下立即被一团浮云托起，脑袋沉若灌铅，管不住地往下坠，接下来大家聊什么笑什么，我全然听不进去，只瞪着一对傻愣愣的眼睛干坐着。

有朋友见过我喝酒后的可怜相，恻隐之心陡起，就将“躲酒”的各种妙招传授给我，装抹嘴或装口渴，将酒吐到毛巾或茶杯里。这样的做法简直是在糟蹋东西，以我愚见，还不如干脆说酒精过敏算了。

好酒

好在南方尤其是深圳，喝酒要随便得多。有朋自远方来，当然要喝上两杯三杯，但有个度。我通常的做法是先请客人挑选爱喝的酒类，席间也劝一劝，但绝不穷追猛打。大家心平气和、悠然自得地饮，没有任何心理负担。话虽如此，有时我也免不了要检讨一下，这样的“随意”会不会招致客人的误解，以为自己不受欢迎？又会不会大大减少了喝酒的趣味？

知堂老人认为，酒的趣味是在饮的时候，“悦乐大抵在做的这一刹那”，凭我有限的体验，酒喝到了飘飘然时是最美好的，什么都可以不想，又什么都可以想，近似于雾里看花的状态。可以说这时添一滴嫌多，少一滴不够。我岳母喜欢说，“赌钱的人心眼儿坏，恨不得别人多输一点，喝酒的人心眼儿好，恨不得别人多喝一点。”这“一点”就会让你越过那根看不见的临界线，夺走本来属于你的那份轻松和美好，实在可惜。

自古以来，喝酒似乎是男人们的喜好，更是文人墨客的生平快事，也正因如此，他们在醉与不醉之间，留下了诸多名篇佳话。如果没有“曲水流觞”就不可能有书法瑰宝《兰亭序》，据说王羲之翌日酒醒后重书数遍，已不如原来精妙。如果没有酒，也就没有开创醉酒狂草书风的张旭。宋代山水画家范宽也嗜酒，还有元四家之一的王蒙，有人知道王蒙有酒瘾，竟生出了“我买私酒润君笔”的企图。现代画家傅抱石，他那方“往往醉后”的闲章更是道出了酒与艺术之间的关系，饮酒使其真情流露回归本我，又可借力忘怀一切开张胆魄。好像是，他的大部分代表作都诞生于酒后。

我虽不善喝酒，却十分能从那些熠熠华章里感受到艺术家们的壮志豪情。连骂过“朱门酒肉臭，路有冻死骨”的杜甫也为酒的魅力所感染，写出了别具一格的《饮中八仙歌》，把同时代的酒中八仙旷达豪迈的姿容醉态留给后人，其中那句“天子呼来不上船，自称臣是酒中仙”，更是活脱脱地给勾画出一个狂放不羁的李谪仙。而在《水浒》《三国演义》《金瓶梅》这些名著里，字里行间也似乎离不开酒，《金瓶梅》里的西门庆，给人印象像是一天到晚泡在酒桌上，梁山泊的好汉们更不消说，就连三国里那个斯斯文文的周瑜酒量也不小，才有佯醉骗蒋干，借刀杀蔡瑁、张允这出好戏。还有一个听来的故事也与酒有关，说有个热爱夜生活的男子，妻子怀疑他在外寻花问柳，闹着要与他离婚。有一天，这男子装成大醉被几个狐朋狗友搀着架着抬着回家，就在妻子一边替他清理身上酒污一边数落他时，忽然推开了她大声呼叫："滚开，我是有老婆的。"次日一觉醒来，发现妻子破天荒地做好早餐端到他的跟前。这个笑话一下子把我弄糊涂了，酒在这里边到底起了啥作用？

花灯

说起来好多年了，那时我大概只有七八岁，随父亲到潮州市区看花灯。看花灯当然是在夜里，天空飘着细雨，冷冷地落在身上、心头，到处人头攒动，为了不让我白来，父亲把我架在脖子上。家乡有句谚语叫“云盖中秋月，雨淋元宵灯”，两者若遇其一，必是十分扫兴。我当时到底看到了什么，早就忘了，不过这件“事”倒好比刀刻一般，在记忆里留下了很深的痕印。究其原因，若不是那缕惋惜之情仍在，便是父爱难忘。

有关灯节的记载始于汉武帝，据说他称帝时赶上正月十五民间放灯，便索性将这一日定为“灯节”，与民同乐。这种风俗一直延续至开元年间，唐玄宗将“灯节”改为放灯三夜，从正月十三至十五，故有“元夜”“元夕”和“元宵”之分。

吾乡潮州灯节始于何时实难考证，只知道老早就有了名气。明代嘉靖年间的剧本《荔镜记》，有多处涉及时人观赏花灯的场景，由此推断，潮州灯节至少也有四五百年的历史。与北京宫灯、上海龙灯或者广州走马灯不同，潮州花灯有纱灯和活景之分，纱灯是指手艺人用各种材料通过扎制、粘贴、缝接等手法制作出来的花灯；活景则多指以活人装扮起来的花灯。无论是纱灯或者活景，皆借助于灯光透照映衬，使其产生如真似幻、绰约动人的效果。另外，潮州花灯题材也较为丰富，大多以人们喜闻乐见的民间传说或者历史故事为内容，有的花灯可达百屏，故有《百屏灯》歌谣流传至今，歌词从“头屏董卓凤仪亭，貂蝉共伊在戏耍，吕布气到手捶胸”，一直唱至“百屏拜寿郭子仪”，实在让后人大开眼界。

好像是，潮州花灯工艺的全盛期是在清末至抗战前夕，当时全城有作坊近十家，如林盛记、刘景新、陈万顺号等，尤以林盛记最为出名，其坊主林乐笙曾于民国廿年前后应邀制作《凤仪亭》《八仙过海》《水漫金山寺》《九曲黄河阵》等大屏花灯，赴中国香港、新加坡游行、展览，扬名海外轰动一时。《潮州风情录》一书也有记载，清宣统二年，潮州花灯艺人杨云楼、杜松制作的《红楼梦》《白孟玉》两大屏花灯，在南京全国花灯比赛中获奖。

清嘉庆《澄海县志》曾引旧志云：“十一日夜起，各神庙张灯，士女嬉游，放花爆，打秋千，歌声达旦。”旧时的潮汕平原，元宵游花灯多由行铺商人出资组织。可以想象，游灯队伍前头有火把、龙灯引导，接上潮州锣鼓和花灯屏，末尾有一只巨大的五彩凤，所到之处皆溢满光影、色彩、人声、乐曲还有喜气与热情，其盛况堪比春节。除了游花灯，庙宇、行铺、院落、祠堂等地方也都挂上莲花灯、梅花灯、鲤鱼灯、走马灯、山水书画灯、宫灯……将长街短巷装点成金龙巨蟒。

“一年一度元宵明”，“元宵灯下遇佳人”……这些潮汕俗语总能引发人们对于这个美好夜晚以及浪漫爱情的遐想。潮剧《荔镜记》里的白面书生陈三，正是在金碧辉煌的花灯下邂逅了堪与花灯相媲美的五娘，结下一段千古传唱的良缘。不知是否受了他们的影响，平原逐渐形成这样的风俗，青年男女若在元宵灯下互相中意，不必父母点头便可私订终身。如此看来，再严酷的现实，也有给爱情让路的时候。在情感比较保守封闭的年代，不知有多少花灯闪耀着飘进少女们的梦境，让她们想要融合进去，成为其中的一盏，挂在心仪男子抬眼便能看得到的地方。

在潮州话里，“灯”与“丁”谐音，旧时各乡镇还要在元宵夜举行隆重的“上灯”活动，神庙宗祠花灯高挂，以庆祝男孩的降生，祈求人丁兴旺。另外，花灯除了丰富人们的生活、寄托美好的憧憬外，也有惩恶扬善、劝喻训世之用。有句俗语叫“勿给人画入灯橱”，灯橱也是花灯中的一种灯式，画面上多以章回小说、戏剧故事、山水、人物为内容，也不乏针对社会流弊、不良现象的漫画，传说有个林姓男子，好吃懒做又染上鸦片瘾，有人就将其败家事迹画到灯橱上，给他人以警示。

这些年我一直在外边奔忙，回乡越来越少。父亲七十了，什么时候回去陪他看看花灯。

乡音

说到乡音，让我不由想起当年北上求学的尴尬来——走出天津东站一问路，竟没人听懂我的“潮汕普通话”，没办法，只好拿出笔和纸，羞红着脸与之“笔谈”，那种惊愕、沮丧与无助，多年后仍然记得。如今在城里生活多年，别人一听我的口音，依然能以最快的速度判断出我的“产地”。

口音就像我身上的胎记与生俱来。为此，我从语音、声调、词汇、语法等方面入手，拿潮州话与普通话做比较，找出它们之间的差异性。比如在潮州话里，“食”就是“吃”，“勿”表示“不要”，用“汝”和“伊”代替“你”和“他”。又比如潮州话里有八个声调，而普通话只有四个。外地人学潮州话，只能靠死记硬背。有一次我太太居然学会说“食饭”，我问她是如何记住的，她说很简单，“吃饭”就是“驾崩”（谐音），真是让人哭笑不得。又有一次她问我，“再见”怎么说，我随口说“款行”，就是慢走的意思，结果从朋友家出来她冲着人家挥手说“款行款行”，弄得朋友忍俊不禁。

潮汕人说普通话不准各有原因，有的人是“f”与“h”不分，将“麻烦”说成“麻黄”，也有的人将前后鼻音韵尾混淆，由于潮州话里没有前鼻韵尾“n”，所以讲普通话时常以后鼻韵尾“ng”代替，把“新年好”念成了“新娘好”。网上还流行过一则笑话，说潮汕人欢迎别人来“投资”，一张嘴说成“投猪”，最后还要“吓吓”（谢谢）大家。

无论是在北方念书，还是后来到深圳工作，总有热心人试图矫正我的普通话，他们中既有我的同学同事，也有我的亲人，结果是白费工夫。我只好安慰自己，潮州话是语言的活化石，否则不可能保留着这么多的古汉语原读音。也难怪家乡的老先生爱用潮州话朗读古诗词，又押韵又好听。

既然说到乡音，总要让人想起唐代诗人贺知章《回乡偶书》中的名句：“少小离家老大回，乡音无改鬓毛衰。”有一年我到台湾，在长途大巴的电视上看到凤凰卫视采访国民党老兵的节目《原乡》，感人至深。人为的阻隔，天然的屏障，时间的飞逝，老兵已老，白发缭绕牙齿疏落，只有那双眼睛澄澈如初，回乡的信念坚如石礁，被海浪一遍遍冲刷老而弥坚。他们接受采访时南腔北调，也正是这些南腔北调一下一下地撞击着我的心扉，泪水哗地涌流。可以想象，当年的这些“壮丁”——有些还只是孩子——被迫远离亲人，“逢人渐觉乡音异，却恨莺声似故山”（唐代司空图《漫书五首》），那种背井离乡、渐行渐远的陌生感变成了一种无法替代的乡愁，也难怪余光中先生的诗歌《乡愁》甫一面世，便引发读者决堤似的情感奔泻。

我的家乡樟林，过去是下南洋的港埠。清代中后期，数以万计的劳力在此处下船，“一溪目汁（眼泪）一船人，一条浴布去过番”，到“番爿”谋生。汕头开埠后，被贩卖到东南亚以及美洲等地的潮汕华工竟达150多万人，他们在被称为“海上浮动地狱”的轮船上受尽折磨，死亡人数接近一半。幸免于难者，大多被带去开发矿山、种植橡胶，干繁重低贱而又危险的工作，遭受非人的虐待和迫害，过着奴隶不如的生活，很多人最后回不了故乡葬身异邦。据说泰国潮州会馆义山亭曾有副楹联：“渡过黑水，吃过苦水，满怀心事付流水；想做座山，无归唐山，终老骨头归义山”，道尽了侨胞们的辛酸史。

外面的环境那么凶险恶劣，也难怪侨胞们会团结在一起，只要听到有人用家乡话招呼一声“家己人，相辅（帮忙）一下”，就会倾力扶持而不计个人得失。

当然，乡音并非仅指家乡的口音，它还包括牧童笛声在内，一切具有家乡特色的声音。比如潮乐潮曲，对于游子来说就不仅仅是一门艺术了，它更是动人的乡音。我在儿时就曾听过一个与它有关的故事，至今难忘：一位潮汕人沦落暹罗，生活窘迫无钱回唐山，于是站在异乡的街头拉起二弦唱起潮剧，很快就引来众多同乡相认并资助，得以叶落归根。

话鬼

我的乡人陈汰余，生于清末，曾写过一部叫《樟林乡土志略》的书。在第十六章怪异篇中，他收录了老家一个与魂魄、投胎有关的传说，听起来颇为有趣：有个叫周宙的秀才能够知道自己的前生今世。他的前生姓马，育有两子后英年早逝，临转世时，他被引路人带到一处亮堂堂的屋子，里面陈列着众多衣冠，上至宰相下至小吏。引路人说，去拿一样吧，试一下你的福命。

周秀才刚一进去，屋里忽然漆黑一团，他依稀记得一顶“公卿帽”搁着的地方，就摸索着去拿，出来一看却是顶秀才帽，正要重新进去换，就被引路人喝止，催促他到另一地方，并对他说，从这里进入，不再需要我给你引路了。周秀才刚一进去又觉得昏天黑地的，待双眼重新睁开始发现，自己变成了婴儿。他心里清楚却说不出话，只能发出嘤嘤之声。周岁后，父亲把他抱到外面走走，看到那些熟悉的景物，方明白这重生之处竟是自己前世的故乡。八岁时，他偶然遇见前世的妻子，她已经四十多岁了。他对她说，你是我前世的老婆。那妇人听后忍不住怒骂。周秀才终于明白，自己怎么解释别人也不会信，只是每逢他前身去世的忌日，就做梦般地去接受亲人的祭祀。有一次，他忍不住向父亲说出真相：如果你不相信，到附近的马家走一遭，今日祭祀我的是某某祭品。父亲跑过去一看，马家果然在焚烧纸帛，供桌上的祭品与儿子所说的一样，于是将信将疑。转眼马家的两儿子长大了，为了分家兄弟反目。这时周秀才已经入学，知道后托人传话：某楼上有旧木箱，内藏合扇一只，写着我前世的名字。又有某某二物，你兄弟可各得一件，请心平气和别再争吵了。两兄弟取出来一看，始信为真。周秀才后来果真屡试不第，才相信自己是个秀才命。

这个故事使我想起日本作家朱川凑人，他也写过一个类似于投胎转世的小说《花草便当》，里面讲述主人公与年幼的妹妹同行，到一个小镇寻访妹妹的“前世”家人。这种情节要搁在咱们这儿那真是一点都不新鲜，顶多也只能算个“老酒新装”，它竟夺得了2005年日本大众文学的最高奖“直木奖”。

这个世上到底有没有神鬼？有没有投胎转世、因果报应这么回事？有的人不以为然，有的人却深信不疑。我的家乡是个传说芜杂、“神鬼”出没之地，几乎每个乡村都有自己的神神怪怪，也都有一直沿袭下来的各自的游神日。当然也有全平原统一的节日，譬如每年农历七月半的“鬼节”，道教称“中元节”，佛教叫“盂兰盆节”。民俗家认为，自古以来，潮汕人漂洋过海，死于侨居地而无子孙祭拜者众，多被看作孤魂野鬼，所以当地才那么重视这个节。旧时每到此日，潮汕各地寺庙会举办“盂兰胜会”。现如今，家家户户也会备祭品，遍济四方孤魂。

高尔泰先生在他的一篇文章里头说得颇有见地，鬼神的存在其实与信仰无关，它缘于人性的需要。他说他的父亲不信鬼神，却也入乡随俗年年岁暮要请鬼神来家做客，“客虽无形无声，主亦恭肃谨敬”，一切尽在不言中。其实与神鬼有关的传说，都包含着人们发自内心的某种渴念或者愿望。可以说，人是现实的，或者势利的，若不是出于对鬼神的敬畏，怎肯献出那么繁盛的香火?

我有篇小说也涉及鬼。我们老家有种说法，溺水者死后会变成水鬼，直到找到“替身”方能投胎转世。我在文中写了一个深受丧子之痛困扰的父亲，为了能让溺水而亡的儿子早日投胎，竟不惜去给他当“替身”。这种近乎癫狂的爱，也只有父母才能给予。

消失的池塘

家乡过去多池塘，说起来似乎与当地人讲究风水有关。潮汕人十分看重人的生死归宿，死去的要葬入美穴地，目的是能够庇荫亲人后辈。活着的，则住进以姓氏宗祠为中心的传统建筑里。不管他们住在哪里，都喜欢门前有水。

潮汕江河密布，村镇多临水，河汉自古便是平原的“公路”，船只则是“骡马”和“车辆”。在古老的潮剧里，渡口不断成为人生离别聚散的舞台，有些戏目甚至以渡口为名，如《龙井渡头》《桃花过渡》等。至于那些未近江河的村寨，也大多开渠引水，至村前挖一半圆形水塘蓄水，弧形朝向主体建筑，以求藏风得水、纳气聚财。而事实上，池塘也确实能给生活在周围的居民带来便利与实惠，譬如养鱼、游泳、洗衣物、保洁用水、享受“过池风”的凉爽等等。

到过潮汕古老村庄的人都会留下这样的印象，一眼望去，总能看见几株躯干俯卧于油绿色水面的老榕，枝枝叶叶掩映着一座座典型的民居，“下山虎”“四点金”“驷马拖车”，甚至是庞大错落的“百鸟朝凤”。

每天晨光初绽，静寂了一夜的池塘就被喧闹声所包围，水面上流淌着霞光温暖的色彩，清凉的水汽轻柔地包裹着洗衫裤、涮马桶的女人们，她们把裤脚卷得高高的，倒影折叠在水面，有时她们会解开发髻或辫子，泻下一头波浪似的长发，用茶麸轻轻地揉搓出蓬蓬松松、雪白的泡沫来，洗涤之后，又用牙利落地咬开发夹，将乌云似的秀发高高堆在头顶脑后。招呼声欢笑声斗嘴声，还有东家长西家短的交流声汇成一片，新鲜的怪闻奇事就从这儿飞快地流传出去。

到了黄昏，池塘则成为男人和孩子的天地。男人如老牛般地埋在水里，只露出脑袋、背脊或者肩胛，小孩子则哗啦啦地拨动水花，追逐嬉闹，他们的水性就在这不经意的嬉戏中练成。

一般来说，每年春天，养鱼人就会给抽干的池塘注水，再到鱼苗场买鱼苗，然后用两个糊藤纸打上桐油的圆形竹篓装上，足足上百斤，一路不能歇脚、连跑带跳地将它挑回来，因为水的滚动能够增加氧气，使鱼苗成活率高。所以当地有“一惨挑鱼崽，二惨撑杉排……”之说。时隔多年，我仍能回忆起乡人放养鱼苗的场景：烟雨蒙蒙，养鱼人撑着一条菱角船，船舱里是稠密如粥的鱼苗——草鱼、鲤鱼、鳞鱼、鲫鱼、龙箭、乌头、苦初……他的孩子不停地拿树枝搅动舱里的水，鱼儿跳跃着，闪动着，似乎嗅到了水汽中的冷腥味。船儿缓缓地划向池塘中央，父子俩将鱼苗一瓢瓢地舀进深绿色的水里，水面上一时波圈交错，涌动着生命欢欣的活力。

转眼又是腊月，收获鱼儿的时间到了，抽水机突突突地将池塘翡翠色的水抽到别的沟渠里，激起的浪花雪白眩目。我们一帮孩子全站在岸边，眼珠子不转地盯着在网里活蹦乱跳的鱼呀虾呀蟹呀，岸上已经堆成了金山银山。待池塘水干，养鱼人搜索数遍之后才宣布“放掠”。

我们这些小孩子仿佛听到冲锋的号角，纷纷跑向满是淤泥的塘底，手里拿着捞鱼的网兜，斜挎着小竹篓，寻找漏网之鱼。我们还光着脚熟练地在涂泥上踩踏，若是碰到什么刮脚的，掏出来一看，不是沙白就是泥蚌。有的小伙伴胆大，专寻乌鳗、黄鳝躲在泥里的“吐气点”，若是运气不济，没准会揪出一条吐出火苗似的毒信的水蛇来。

每次我都弄得像个泥人，竹篓里最多也就是几尾小鱼小虾，我母亲总要装出很认真的样子对我说：“油都烧开了，等你的大鱼下锅呢。”我父亲也随声附和：“那我得先把好酒斟上。”两个妹妹不知是信以为真还是故意逗我，她们说：“哥，我们等着吃鱼膘。”只有大鱼才看得见鱼膘啊！我当时的那种窘态，至今仍然忘不掉。

多年以后我回到家乡，发现小时常去的几个池塘无一不被填埋，取而代之的是一排排崭新的楼宇厂房。池塘没了，我倒不会觉得这样就真的破坏了风水，但内心依然不安，生怕因此破坏了为我们所重的自然环境，破坏了传统，割断了人们内心深处对于田园生活的那丝依恋。当农村也像城市那样栽满钢筋水泥，总有一天，如“池塘”这般美好、亲切甚至带着诗意的名字，会从后代的嘴边和记忆里逐渐消失掉，那真是可惜。

故乡的五月节

端午节在故乡叫五月节，它的到来总让人想起白娘子被迫喝下雄黄酒、现了原形的那个传说。潮汕平原没有喝雄黄酒的习俗，倒是有以艾叶榴花簪发、给小孩子缝小荷包、“裹雄黄末并道符佩身上”的风俗。又有民谣云：“五月初五午，天师骑艾虎，蒲剑斩百邪，鬼魅入虎口”，到了五月节那天，家家户户还要在门楣、门环、屋檐下悬挂用红头绳系扎的“五瑞”。何谓五瑞？就是艾草、菖蒲、榴花、蒜头和龙船花。

平原处于闽粤交界，自古被视为烟瘴之地，蚊蝇滋生瘟疫猖獗，医疗条件落后，五月节时令又正好是气候炎热的“恶月”。和许多地方一样，家乡人过节也要吃“粽”，不同的是，他们不仅为了祭吊屈原遗风，应时“食补”，还顺带讨了个“壮”的好彩头，因为在潮汕话中的“粽”与“壮”同音。

小时候生活在乡下，却由于那句“老妈宫的粽球——食定正知”（大意是：吃了才了解）的歇后语，我一直对这家开在城里的粽子店心存向往。它创建于1920年，到现在正好一个世纪。老妈宫粽球里有甜、咸双拼料馅，甜料馅部分为绿豆沙馅（或乌豆沙馅）和水晶馅，外面用“猪网膂”包裹；咸料馅部分为香菇、虾米、腊肠、干鱼末、莲子、栗子和经腌制的南乳鬃头

端午美味

肉，糯米也是颗粒饱满的上等货，看上去晶莹润滑，吃进嘴甘甜香咸。“食定正知”四个字据说是写在粽球店的一块横匾上。长大后我有幸吃到了那里的粽子，觉得真的好吃，与自家做的或是别的店铺买的都不一样，至于如何不一样，又似乎只可意会不可言传。

在五月节，与粽子同时出现的还有另一种特别的小吃，叫栀粿。做栀粿并不容易，先要将糯米浸渍，用石磨磨成粉浆，配入捣碎的栀子（民间多称枝子或黄枝）所浸泡滤渣而成的黄色药液，再用铺姜碱液拌匀，现在的人嫌麻烦，多以苏打粉加入浓茶水代替，与糯米浆搓匀盛入蒸笼蒸熟，便成了貌似田黄、柔韧且晶莹滑润的栀粿。吃时，大人常拿一根细线将它切割成许多薄片，再蘸白砂糖，入口甜润爽滑，凉喉解渴，当然，栀粿里的栀子还具有清热泻火、除烦解郁之功效。在那个缺医少药的年代，潮汕人聪明地采取了“时节做时粿”的办法，既解了馋，又达到“时令防时病”的目的，真正做到一举两得。

但也不是所有流传下来的食法都有益于健康，譬如饮用“龙舟水”就是一种误解。“端午云开阵雨收，万人江上赛龙舟。心随鼓点声声急，忘却屈原当日愁。”本地诗人王纪平的《端午节赛龙舟》所吟诵的正是龙舟竞渡的遗风。赛龙舟之前，选手们要使龙舟朝向本村神庙的方向，划进划退“参拜三次”，叫作“三参灯”，以祈求神的庇佑。在每艘龙舟中，击鼓者最为重要，大家要听鼓点，合上它的节奏。掌舵的也重要，对于一个优秀的舵手来说，在关键时刻甚至起到力挽狂澜的作用。他的方法就是偷偷地“撬舵”。而对于功夫不到家的舵手，偷偷“撬舵”容易弄巧成拙，龙舟瞬间倾覆，让同舟共济的兄弟们提前喝上“龙舟水”。

顾名思义，“龙舟水”就是龙舟划过的江水，传说饮用它能使人健壮，妇女用它洗头发还能治头风，于是便有人挑回家去用陶瓮贮存，以为永不变质，可供日后饮用治病。其实这些都是无稽之谈，若长此以往只会对健康不利。

故乡的五月节，除了悬挂“五瑞”、品尝小食、赛龙舟之外，我以为最富于浪漫情怀的莫过于“放花灯”了。平原有些地方还保留着古老的习俗：在端午之夜，家家将糊裱好、约有三四尺长的纸船放入江中，点亮上面的油灯，一时灿若星汉。“船队”顺风顺水，满载着今人对于古人的思念，在浩浩荡荡的夜风中驶向时光的彼岸。

今又重阳

重阳节的源头可追溯至先秦之前，具体什么时间，无可稽考。可以知道的是到了唐代，重阳作为民间的节日被确定下来，之后经历朝历代沿袭至今。

明代张岱著《夜航船》云：“九为阳数，其日与月并应，故曰重阳。”在古代，重阳郊野游宴之风盛行，登高、赏菊、佩茱萸的习俗，屡见于诗人的吟唱。我少时读“菊花如我心，九月九日开；客人知我意，重阳一同来”，眼前便能呈现出文人借花聚会、饮酒、食蟹、赏菊、赋诗以表达对生活的热爱和对大自然的向往的热闹场景。菊花，作为这场盛会的金黄标记，往往被寓意清高、亮节之风。我一直视后人赏菊、饮菊花酒，是对大诗人陶渊明的效仿，也是对一种文化传统的追根溯源。名著《红楼梦》在第三十八回就写到了重阳节，贾宝玉与众钗游园赏菊，题菊花诗，曹公借咏菊诗暗示着他们往后各自的命运归宿。尤其薛宝钗所言的“末卷便以《残菊》总收前题之盛”，更加点明“盛”要以“残”作结。《金瓶梅》里也写到两个重阳节，第一个重阳节，西门庆应花子虚的回请到他府上喝酒听曲，击鼓传花，文中有一首菊花诗，让读者明白他惦记着那个后来成为他一生中最爱的女人李瓶儿。第二个重阳节，李瓶儿已重病在身无力回天，一场情欲深重又极尽悲欢的人生闹剧就此收场。我翻读清少纳言的随笔集《枕草子》，里面提到日本平安时期重阳节的风俗，“以棉覆菊花，取其沾露拭身，谓可以忘老”，应该是受了汉文化的影响。

据说宋代人叫菊花为“延寿客”，而称茱萸为“辟邪翁”。茱萸像菊花一样，曾频繁出现在记载重阳的古籍诗文当中，最有名的莫过于王维的《九月九日忆山东兄弟》一诗。据相关人士考证，佩茱萸者，主要是属于纯阴之体的女子，由此可以推测，王维所忆的不仅是故乡、兄弟，应该还有他的爱人或红颜知己。

吾乡潮汕过重阳节，照旧例必“登高燕饮，簪菊泛萸”，但不吃重阳糕，印象中似乎除了“青叶粿”（用植物的叶子和米粞、冷饭做成的粿品）外，没啥特别要吃的食物，这于向来重视美食的乡人而言未免有些奇怪，按理也该如其他大节小节一样，做点儿特色菜肴大快朵颐并以习俗的形式流传下来。不过话说回来，潮汕平原“九月鱼菜齐”，物产最为丰盛，想吃什么就吃什么，又何必拘泥于形式呢？有人可能会说，不是还有“油麻圆”吗？那是拿来敬“九皇爷”的，似乎与重阳无关。这“九皇爷”到底是谁？有一说是明朝最后一个皇帝崇祯。油麻圆是由炊熟的糯米团与芝麻、碎花生混合，拌糖后捏成团油炸而成，因“圆”与“缘”同音，将它赠送给邻里亲朋倒是多了一点儿“结缘”的寓意。

此外，还有一些潮汕乡村也将重阳当成祭祖的节日，人们为那些忘了忌辰的先祖举行隆重的祭拜仪式，慎终追远，思源报本。而对孩子来说，只有竞放风筝才能让他们高兴起来。

“九月九，风禽线断满天走”，农历九月，秋风乍起，是放风筝的大好季节，人们将色彩斑斓的风筝放飞于蓝天丽日之下，观其飘然凌霄，陶情适意。若说这风筝是为了给远方的亲人捎个信儿、送上祝福也未尝不可。

只可惜如今风俗大变，保存此类古风的人家大概已经没有了。人们生活在快节奏又讲究实际的年代，凡事免不了“利”字当头，自然没法细细体味重阳节的风致了。菊花酒倒是有商家在卖，但也鲜有问津。还有重阳糕，城市里的孩子大多没吃过，至于茱萸，像我这样的成年人估计也没几个识得。

九九重阳，历经两千多年的演变，因隐喻着“久久”“长寿”等丰富的内涵而被定为“老人节”。古人云：“百善孝为先。”孝是具有普世性的，儒家有《孝经》，佛家有孝文，伊斯兰教有孝理，基督教有孝义……“天意怜幽草，人间重晚晴”，现代大儒梁漱溟先生在《中国文化要义》中如此写道：“中国文化自家族生活衍来，而非衍自集团。亲子关系为家族生活核心，一孝字正为其文化所尚之扼要点出。”他一语道出了孝道作为中国传统文化的核心，渗透至几千年的中国社会生活的方方面面，它既是一种民族修养，更是一种文化境界和内化力量。

老有所依在旧时是社会家庭的大事，甚至被提高到做人的基本要求，孟子曰：“不得乎亲，不可以为人；不顺乎亲，不可以为子。”古之人，虽往往困囿于物质的贫乏，但精神不息，现如今物质丰盈，却由于受价值观演变的影响和现实利益的腐蚀，传统的价值体系变得愈加脆弱，观念不断淡化，孝道的社会普及性呈收缩之势，歧老、虐老事件时有发生。无论是在乡村还是城市，“空巢老人”渐成影响社会和谐的病灶，且有愈演愈烈之势。我们这些商业社会的“螺丝钉”，皆以忙于生计为借口，无视长辈之孤单，常施以金钱替代孝顺。“今之孝者，是谓能养。至于犬马，皆能有养。不敬，何以别乎？”两千年前孔子的教导犹在耳侧。对父母有一片敬心，方为孝顺。

“岁岁重阳，今又重阳”，为了不让我们的父母尊长“重阳独酌杯中酒，抱病起登江上台”，我们不妨回家听听他们的“唠叨”，看看岁月刻在他们脸上的皱纹，还有那为子女操劳而过早地染雪挂霜的双鬓。孝悌之心有之，则情感必发乎初心，也只有念念不忘我们作为“人”的那颗赤子之心，才能真正做到“老吾老，以及人之老；幼吾幼，以及人之幼”，推己及人，我们的社会必能最终达到“人人亲其亲，长其长，而天下平”。

潮汕的新年

对于年节民俗，后生人喜欢删繁就简，以适应快节奏的生活，本无可厚非，只是怀旧的我仍愿意回味昔日年俗的仪式感，也爱那浓浓的人情味。

鄙乡潮汕过年，似乎自腊月廿四起人们便不再消停。旧时所谓“官三民四船家五”，说的就是官府在腊月廿三、普通人家在廿四、水上人家在廿五举行祭灶。这一日也是“送神日”，诸路神仙要升天向玉皇大帝述职，报告一年来凡间的行为善恶。自是日起，家家户户用竹叶、榕叶、甘蔗叶等制成长扫把，对家中天花板、墙壁角落细细清扫，谓之“采囤”。与此同时，主妇们还要蒸炸各种粿品以作祭祖敬神之用，其中用鼠曲草糯米粉作皮、绿豆沙作馅的鼠曲粿尤为特别。男人们则外出置办香烛、纸镪、爆竹、茶酒之类的年货。到了大年廿八，还要杀鸡、刣鹅、剖鱼……此外，按当地风俗，男必理发女必“挽面”，如今“挽面”已经少见，改为做发型或者美容。可以说，“年节到，忙到哭”的俗语，毫无夸饰的成分。

“一夜连双岁，五更分二年”，除夕终于来到，家家贴出春联。《红楼梦》曾写道：“已到了腊月二十九日了，各色齐备，两府中都换了门神、联对、挂牌，新油了桃符。”《金瓶梅》也有“家家贴春胜，处处挑桃符”

之说。潮汕的农家，那些单扇的门儿或谷篁、福龛上也都贴了斗大的“春”字，既有春回大地、万象更新的意思，也巧借“春”与“存”谐音，表达年年有余的愿望。到了傍晚，主妇们将做好的年夜饭端上供桌祭祖，长幼依序跪拜焚香祷祝，请祖宗们用餐，以示饮水思源、慎终追远。祭毕，再将饭菜重新热过，一家人团坐围炉守岁。唐太宗《守岁》诗云：“共欢新故岁，迎送一宵中。”苏轼则巧借守岁习俗，表达了自己惜时如金的态度：“明年岂无年，心事恐蹉跎。努力尽今夕，少年犹可夸。”

吃完团圆饭 ，长辈就会叮嘱后辈，家里的水缸要贮满水，米缸要填满米，灯火不能熄，以讨个“岁岁有余”“年年不断炊”的好彩头。乡下农家还有“搅泔缸”的习俗，据说只要一边搅拌泔水一边念着“泔缸搅浮浮，今年饲猪大过牛”，或者“泔缸搅圆圆，饲猪多卖钱”，新年必是六畜兴旺。

“能使妖魔胆尽摧，身如束帛气如雷。一声震得人方恐，回首相看已化灰。”这是《红楼梦》中元春自制的灯谜，谜底是爆竹。如今不少城市已禁止私放烟花爆竹，潮汕乡下倒是屡禁不绝，除夕夜只要听到爆竹忽然响起且连绵不绝，就明白新年即将来临。

新岁之首，春天伊始，多数人家的早餐都吃素。据民国沈敏先生的《潮州年节风俗谈》所言，此日正是弥勒佛“坐位”（即上班办公），故用斋餐，之后方可大快朵颐。清嘉庆《澄海县志》载：“（家家）各设酒肴邀饮，谚云‘正月酒，家家有’。”又有俗语说：“正月肚，饱过虎。”这样大鱼大肉一直吃到“人日”方告消停。正月初七吃“七样羹”，即将七个不同品种的蔬菜煮成一锅，吃了正好减除油腻，清理肠胃，颇合乎养生之道，也难怪当地有“七样羹，吃了变后生（年轻）”之说。

正月初一吃完早餐，大人便带着孩子放鞭炮、挂灯笼、看巡游，串门儿。此时每家每户桌上都摆着金黄“大吉”（即柑，柑大于橘，故称大吉）、青橄榄及各式精美小食，门前张灯结彩。来客赠上成双成对的“大吉”，恭祝主人新年如意，主人以同等数量的“大吉”回赠，嘴里连说“共同如意”，于“换吉”的过程中，回敬以新年最为美好的祝愿。

全家福

摄影技术何时传入潮汕，似乎没有确切的时间。由于吾乡澄海临海，很早就与南洋诸岛有着生意往来，由此可以推测，其传入时间可能比其他地方稍早，但也是在第一次鸦片战争之后了。

乡人素称照片为“小影”，应该没有小瞧它的意思，而可能是一种对自己影像近乎羞怯的认可。摄影一词源于希腊语，有“以光线绘图”的意思，据《墨经》记载，早在公元前四百多年，吾国就有人专注于光的探索，譬如光的直线前进、光的反射以及各种镜子的成像现象，宋代沈括在《梦溪笔谈》中也谈到了“小孔成像匣”的原理。正如火药由吾国所发明却未获得广泛应用那样，最终能让光担当起大用的也是西方人。1839年，世界上第一台照相机诞生于法国。初传入吾境时曾被视为“淫巧之物”，说它会摄魂夺魄，使人损寿，多亏了摄影爱好者（如珍妃等人）的坚持，才得以在这片保守的土地上落地生根。据说珍妃曾暗中指派一名姓戴的太监在东华门外开设一家照相馆，此事后来被慈禧知道，封了照相馆不说还夺了太监的命，而珍妃后来被推入井中，虽非热爱摄影所致，但也可从中窥见其观念与老佛爷之间的差异。

其实不仅吾国民众害怕新生事物，读过《百年孤独》一书的读者也已了

然，吉卜赛人墨尔基阿德斯来到马贡多，建起铜版摄影实验室，在给老朋友布恩迪亚拍照时，对方也以为“随着人的形象被摄到金属板上，身体就会逐渐亏损”。而女主人乌苏拉不许别人拍照的原因也与村妪相若，“不愿留个相给后辈们取笑”。最后好说歹说，一家人在庞大的照相机前站上两分钟，拍下了唯一的“全家福”。不过很快，布恩迪亚就对这台机器产生了疯狂的兴趣，竟异想天开利用它来给上帝照相，以证明上帝的存在。马尔克斯的想象力真乃神奇，光凭此一例便足以让人叹服。

当然，无论多么保守的地方，思想被钳制得如何厉害，总还存在一些“勇于吃螃蟹的人”，就像对外部世界了解得较多的黄遵宪，就欣然接纳此类“洋玩意”，他曾以近代科技轮船、电报、照相、火车等为题材，用古体诗《今离别》抒写男女思念之情。他是这么写照相的：“开函喜动色，分明是君容；自君镜奁来，入妾怀袖中。临行剪中衣，是妾亲手缝。肥瘦妾自思，今昔得毋同？自别思见君，情如春酒浓；今日见君面，仍觉心忡忡。揽镜妾自照，颜色桃花红；开箧持赠君，如与君相逢。妾有钗插鬓，君有襟当胸；双悬可怜影，汝我长相从。虽则长相从，别恨终无穷；对面不解语，若隔山万重；自非梦来往，密意何由通？”

这首诗看上去更像一个谜面，若从立意技巧角度来看，不过尔尔，但这只是表面的一部分，如若深究，说得迂腐点，其意义乃在于诗人那种接纳新事物的包容态度，说此诗半只脚已迈进白话文诗的自由之境也不为过。

再说点与摄影也与己有关的体验。我父亲应该算是老家同辈中较早迷上摄影的了，在我小时候，他就常将那个不能随便打开见光的神奇匣子带回家，我一伸手触摸即被喝止，东西贵重自不必说，还是好不容易才借来的。不过买胶卷洗相片也是挺花钱的，连我祖母都看不过去出面干预。不过谁也无法阻止父亲鼓捣相机的热情，就像谁也无法阻止老布恩迪亚对新生事物产生的狂热。尤其到了春节，我们就会被父亲动员起来拍张“全家福”。

不知道为什么，我小时候对拍照十分抵触。一切仿佛是为了反抗大人们的任意摆弄，我坚持将满面愁容留在了相片里。而每当相片洗出来，我即知趣地躲开，免得看到父亲又惋惜又恼怒的神情。在他的眼里，我的表现简直是坏掉一锅粥的老鼠屎。

记得我家最早的彩色“全家福”是一位从香港回来的亲戚给拍的。父亲把我们拢在一块进行动员，要我们珍惜这个来之不易的机会。待我们一家人站好后，亲戚就小心翼翼地掏出个拳头大小的黑匣子，轻轻松松一摁，说好了。大家不由地长吁一口气。

可以说念大学之后我才逐渐热衷于照相的，为此还选修了摄影课，学到一些基本的操作技能，还进入神秘兮兮的暗房去冲洗、放大相片，把大头照贴在自己的床头……

有了数码相机后，我基本不洗相片了，只有我父亲仍然去照相馆，请师傅通过电脑对照片进行剪裁、去红眼、美化等处理，再配上活动时间、主题，甚至诗词，待洗出来后给我寄来。现在连手机也可以拍照了，走到哪儿，见到美好有趣的事物就掏出来拍几张，把“日常生活中稍纵即逝的平凡事物转化为不朽的视觉图像”，通过微信等渠道传给亲人朋友。这世界变化真快，数年前，我在香港排长队买佳能5D2的情形还历历在目，转眼间已被淘汰。也不知道哪一天，相机会莫名其妙地消失，像从来没有存在过那样。

嗟乎，时代之前进如车轮滚滚碾过，我等观念落后之辈如烟尘被裹挟其中而无法自主，枉自发出“逝者如斯夫”的空叹。我一直在发古人之梦，譬如种花养草，饲猫喂鱼，收藏古物，抛弃油彩而专事水墨……无非是想要明白一点过去，无非是想要在过去的时光里多逗留一会儿。

有人说：摄影构筑了一个悲伤的时间悖论，那就是他的曾在，在证实着他的不在。不过也兴许有了这些留存的影像，思念才不会缺席。

第三辑 文房

不洗砚记

古时制砚购砚为的是用，写信写春联，又或者画画，简直不可或缺。也难怪王右军把笔墨比作兵器铠甲而将砚台喻为城池。东坡先生则说得更加直白，“我生无田食破砚”，砚是文人讨活路的工具。

我小时跟随乡人陈显达老人习画，下笔前先要理纸磨墨。过去的书画家常说，人磨墨，墨磨人。就是把急躁的性子一点一点地磨下去，心性澄明笔端自有烟云。吴悦石先生在他的《快意斋论画》亦云，今人图方便使用墨汁，因而缺少了旷逸之心也失去了悠游之态。他认为“笔墨生发在千磨万磨之中，中国书画不磨墨则不知其所以”。

就我了解，除了极少数老派的书画家，大多数人已经习惯于使用墨汁。我个人也是如此，原先拿碗碟贮墨，后来承友人赠砚，便往里倒上墨汁，用完了又懒得去洗，久而久之竟积成“砚山”。《小窗幽记》提醒“清闲之人不可惰其四肢，又须以闲人做闲事”，其中一项便是“洗砚宿墨”，而我却恨不得养一两只《闻见异辞》中所说的广东墨猴，“长约三寸……以舌舐墨，砚田可终年不洗。”

据说黄宾虹先生作画后也从不洗砚，甚至连毛笔也懒得往清水里过一道，所以砚中多有宿墨。他是不是因此受到启发，我不敢妄下断语，只知道他将宿墨的作用发挥到了极致，远非常人所能及也。宿墨的优点显而易见，渣滓沉淀易留笔痕、易出墨晕，看上去既得风骨又得气韵。黄先生还喜欢在画的浓墨处再施以极浓的宿墨，干后与浅淡处形成对照，尤显浓黑透亮，行家谓之“亮墨”，可起到点睛之用，使整幅画的神采为之焕发。当然，宿墨的缺点也是明显的，味道不好闻。就像宾老那样把磨好的墨汁，甚至上好的松烟旧墨贮在罐子里沤着，怎么可能好闻？如今宾老的追随者众，只是若拿“一得阁”之类的墨汁贮养，想要进去画室的人必闻风而逃。

砚于文人，犹如衣裳之于女子，永远少那么一件。先贤视“良砚为砺友”，可怡情也可致知。我家有端砚歙砚近十方，虽没有多大价值，但再也舍不得拿来蓄墨，只作案上观。这些砚台中，真正让我动心的只有区区一方龙尾砚，依原石之形而凿出祥云，砚堂处有金星闪烁，颇得其趣。鄙人家中原先还有一方洮砚，是太太从甘肃带回的，线条简洁碧绿如水，我把玩之后顺手搁于书架上，被小猫踩翻摔成几瓣。我数次拿起又舍不得扔，太太揶揄，黛玉葬花你葬砚，不如给它做个砚冢，成就一段佳话。

《妮古录》中有云：“文人之有砚，犹美人之有镜也。一生之中，最相亲傍，故镜需秦汉，砚必宋唐。”古砚的好处何在？我至今仍然似懂非懂。除了物以稀为贵外，比起新砚，古砚的气息也许全然不同，那是贮积已久的历史风尘与文化沉淀。而一般来说，得以流传下来的砚台，往往是先贤的心血之作，那些看似冷硬的棱角、锋利的线条，轻抚之则柔润无碍且仿佛可以感受到古人的体温。至于古砚的砚铭，就像撩起布幕一角让后人得以窥见昔时文人的情趣与态度。文天祥有则砚铭：“砚虽非铁难磨穿，心虽非石如其坚，守之弗失道自全。”砚台虽非铁制但也难以磨穿，偏偏吴昌硕一生之中磨穿了两方，可见古今之大成者，除拥有过人之处外，勤奋也是必不可少的。

几年前我曾无意中读到一则消息，国家文物局前局长孙铁青先生的家人为完成他的遗愿，将家中一百零八方藏砚无偿赠予家乡。老先生为人豁达，深知百年一瞬，藏品于人不过烟云过眼而已。其书法也好，家父的赏石专著《天工意匠》书名正是拜他所题。

时下市面上的砚台五花八门，不同于旧时的是不再强调其实用性，单纯以下发墨好为佳品，其中不少雕饰繁复迷乱人眼，而我则依然向往朴素自然、沉静大气的样式。

快节奏的生活使人们失去了旧时的闲雅，失去宁静的心境，失去了含蓄与质朴，失去了从容与浪漫，我想这正是砚台这类古物愈来愈受追捧的缘由。

案有研石，可长精神。

纸字

旧时乡人将订立契约叫作“做纸字”，白纸黑字，便是凭证。敝乡樟林原为清代重要港埠，船只南来北往而挟带的外洋文化也在此交汇融合，识文断字便成为一种谋生的需要。孩子从小被告诫，有字的纸张切莫拿来当手纸，否则会烂屁股。这当然是老辈人出于对文字的敬畏所造的“谣”，在他们眼里，文字是祖先留下来的好东西，所以得“敬惜纸字”。“纸字”两字，时至今日仍让我最先想到饱蘸墨汁、湿淋淋的毛笔，还有那种用植物秸秆为原料、黄褐色的草纸。从前学书法者多用此纸临帖。

我小时用惯勺子吃饭，稍大再拿起筷子，总有一个指头不听使唤地挺起，屡屡招来大人的斥责，我祖母甚至警告我长此以往将讨不到媳妇，后经好长时间方纠正过来。奇怪的是，我学握毛笔却毫不费劲，好像笔杆天生就是我的一根手指，连我父亲都觉得奇怪。古代碑帖浩如烟海，我父亲独尊书风遒媚秀逸的赵体，我最早临的帖便是赵孟頫的《胆巴碑》。惜其时三心二意，只坚持了一年两年便中断，好在字没白写，起码熟悉了笔和墨的性能，对今后学画大有裨益。有一段时间我十分迷恋米南宫，他的一本《蜀素帖》被我长期搁在画案上弄得墨迹斑斑。我不怎么喜欢《兰亭序》，不是它不好，是写的人太多了。

古人写字，并没有我们想象的那么玄乎，开始不过是因为记录的需要。战汉时期士大夫有簪笔的礼仪，也是从官吏奏事时为方便记录，将毛笔别在耳边一步步演化而来。由于长期使用毛笔，有的人字便越写越好，自自然然地成了后代所景仰的书家。即使到了1949年之后，依然有人像毛润之先生那样坚持用毛笔来写信做笔记。毛润之8岁进私塾，传统文化的底子甚好，后来又开张胆魄，这从他的诗词便可窥见一斑，因而写起字来汪洋恣肆、任意挥洒，把许多书法名家纷纷比下去。

仓颉造字、蒙恬制笔只是传说，姑且信之。工以利器为助，依我愚见，毛笔的制作史本身也是一部书法史，文人挑剔的目光和工匠精湛的手艺相互砥砺，推陈出新。一个小小的湖州，包括王羲之、颜真卿、米芾、苏轼在内的众多大文人都留下了足印。王羲之著过《笔经》，那是研究毛笔的开山之作。赵孟頫对湖州笔匠的严厉要求还被写进《湖州府志》。这等例子不知反复发生多少次，才掮起“湖笔”这块响当当的招牌。

在书画家里，对毛笔的讲究我以为首推张大千先生。在他遗留下来的毛笔里，既有在日本定制、笔毫细小如针的面相笔，主要是用来描绘画中男人的须眉，也有拖把般的大笔，在晚年绘制巨幅荷花和山水长卷时派上用场。他曾不惜重金购得一磅牛耳绒毛，请日本“玉川堂”和“高诚堂”笔庄精制50支毛笔，毕加索、谢稚柳等人都得过他的馈赠。而对毛笔最不讲究的书画家，黄宾虹先生应当在列。就谢稚柳先生所记，宾老用新笔时通常不将笔锋化开，而是用牙将硬笔头咬开即蘸墨作画。喜欢临摹宾老作品的人若不知情，是难以画出那种秃笔才有的效果的。朱新建先生对毛笔也不讲究，他说自己一支小号的“古法胎毫”笔写写画画用了二十来年。“笔正了以后，随便什么破笔，都会有锋。”这话听上去跟武侠小说里关于兵器与武功的描述不谋而合。真正的高手正是“手中无剑，心中有剑”。画家陆俨少用他的亲身经历也证明了这一点，听上去颇为神奇：“文革”时期，他的毛笔被没收，就以手指空勾作无形之画，自谓为“练笔”。

我对毛笔没有太多要求，手里有什么就用什么，有些时候不是笔不好使，是我们不会使，总之习惯了就好。

旧时的人，用完毛笔涮干净后，喜欢用个铜帽子套住，以为潮润是对笔毫的保护，其实很伤笔，最好的办法是将它悬挂在笔架上自然风干。要是家有宠物那就另当别论。我家两只肥猫总是把我的笔架拽倒，各衔一支毛笔一前一后跑得虎虎生风，待夺回时笔毫已被嚼成刷子状。几次之后我只好将笔架收起，以祈人畜相安。

毛笔向来不好保存，一支古笔传下来往往只见笔管而不见笔毫。古玩中的毛笔实际上指的就是笔杆。倒是纸寿千年，多少好字最终借助于脆薄的纸张奇迹般地流传下来。

墨色犬马

在我小时，每隔一段时间父亲就会给我起一个新名字，“云宇”“中子”什么的，其中要数“万千”起得最好。我生平第一方名章刻的就是它，所用材料竟是当时顶顶时髦的“有机玻璃”。从那以后，我涂鸦完毕便多了个活儿，钤印。红润方正的印章使画面一下变得隆重起来。而我真正对印章有所认识却是在念大学后。那时一有空就往天津南开区的古文化街跑，真真假假好好坏坏的东西过眼无数。

印章的起源似乎很早，但真正与书画相结合却要待到纸张发明出来。热衷于此道者都清楚，治印虽说是独立的一门艺术，与书画相比仍属冷僻门类。许多人不乐于走这条路，盖因明白篆刻艺术乃螺蛳壳里做道场，要于方寸之间融书法、美术、文学、雕刻等为一体，谈何容易？印人除了拥有先天的才性与后天的博识外，还须有足够的耐心。

一方精彩的印章必是蕴涵博大气象万千，不仅对书画作品起到烘云托月的作用，还能寄托作者的某种思想情怀。郑逸梅先生曾在文章里谈到，老金石家矫毅给他刻过一方“扫叶老残”的印章，就是为了纪念他“文革”时期被关入牛棚、罚扫校园的那段日子。让我真正感兴趣的是，他说矫毅手头藏有沈三白所刻的朱文闲章“花好月圆人寿”。沈三白以《浮生六记》名世，文辞朴素，情感真挚，却不知他的印章又是怎样一番刀笔情趣。

吴昌硕的那方“破荷亭”几乎是大家公认的杰作，但我更看重他为初配夫人章氏所刻的那方“明月前身”，因其背后牵涉到一个凄婉的情感故事：章氏为吴昌硕少年时所聘，还来不及成亲就因战乱分开，两年后病逝于吴家。四十余年后的一个晚上，年逾花甲的吴昌硕忽然梦见了她，醒后感慨系之，遂治印以作纪念，并在印一侧刻上章氏的背面像。据说直到晚年，他还常以此印压角。

近代可与吴昌硕匹比的印人似乎只有齐璜一人。书法家刘新惠曾在一篇文章里提到，启功先生告诉他白石老人刻印很有趣儿，“他把石头抵在桌子边上，拿起石头近看看，远看看，先刻横，再刻竖，最后将笔画的连接处用刀尖收拾收拾就得了……”正所谓说起来容易做起来难，这跟做文章一个理儿，没有怀胎十月，怎能生下孩子？

在我常用的名章中，有两方拜漠人先生所赐。一方是笔名，“厚圃”两字一方一圆，取天地方圆之意，动静结合，于严谨之中杂以古趣，具有一种生新的面貌。另一方是原名，刀法简练、印风朴茂，叫人爱不释手。

漠人先生是家父好友，北京市电力专家，早年负笈于清华大学却迷上书法篆刻。他曾患病切去一肾，便为自己刻了一方闲章“肾独”，与“慎独”同音正好一语双关，对人生的不可测付之一笑。

几年前我又惊喜地收到老先生寄来的二十八方闲章，都是从他倾注了大半生心血的闲章里精心挑选出来的，他在信里说自己年迈（1937年生），近来眼力体力尤为不济，将闲章送我“以延其价值”，其殷殷之情实在叫人动容。

既然谈到闲章，我还要多说几句，我曾自造四字释文并请了几位朋友奏刀，结果皆难遂我愿。不是他们刻得不好，而是无法与我的构思也无法与我的画风气韵相一致。他们也许是没有理解到我所要传达的东西，说直白点，所谓的“墨色犬马”，就是要在笔墨里快活一把。

石头记

我的枕边书近日换成了《晚明小品选注》，睡前拿来翻翻，恰好看到叶小鸾的《汾湖石记》，方知这位早逝的才女也是爱石之人。她对石倾诉，借物言志，把人生悲喜寄托其上，相信“石固亦有时也哉”！

爱石者古今有之且不在少数。老子有言：“不欲琭琭如玉，珞珞如石”，其意是不愿像玉那样玲珑剔透，甘心做一方顽拙的石头。儒家文化也爱拿山石的厚重不迁来比照仁者的德行，正所谓“仁者乐山”。且不说“东坡供石”“米颠拜石”，仅蒲公一篇《石清虚》，数百年来教人读得柔肠百转。一个叫邢云飞的石痴，愿以三年阳寿换取奇石，而通灵的石头也投桃报李，宁可自毁以酬知己。

说来古代文人也真是可怜，既舍不得朝市又一心向往山林，于是运来石块垒成假山，搜寻奇石清供案前，做出不合流俗、巍然高标的姿态，也借此平衡内心各种矛盾，舒缓来自各方的压力。尤其到了宋代，文人赏石蔚然成风，山水画的发展也达到高峰，两者看似不相干实则大有关联。到了明清，文人的赏石不再局限于区区几类传统石种，简直是百花竞放。

我勉强算爱石之人，少时随父亲访遍潮州出产蜡石的各个坑门，而后又辗转于省内外各种石展石市。书房里除了书本，恐怕要数石头最多，其中有三品稍稍值得一说，其一为“过桥”红太湖，一尺多高，摆在黝黑且带着木纹的几案上，瘦骨嶙峋千疮百孔。其二为状如“东坡肘”的潮州蜡石，皮肉筋骨层次分明几可乱真。我在台北故宫博物院看过那枚著名的“肉形石”，比核桃略大，且为人工染色雕琢，而吾石却是天地造化浑然天成。再有一品暗红山子，新疆戈壁石种，远看似奇峰近看如麒麟。倘若宋代的云林居士或者明代的素园主人在世，我非请他们将这几方石头录入石谱不可。

要说有什么艺术介乎雅俗之间，依我愚见就是赏石。至于对石文化的贡献，我以为白乐天厥功至伟，其赏石理论也一如他的诗歌深入浅出，影响深远，不信且看他如何评说太湖石：“三山五岳，百洞千壑，覼缕簇缩，尽在其中；百仞一拳，千里一瞬，坐而得之。”

“山之骨格，得石头而苍”（明末清初萧士玮《韬光庵小记》），画家们笔下的奇石可以说多不胜数。赵孟頫引入飞白笔法描摹沧桑巨石，文征明爱画山水奇石不说，还参与拙政园的设计建造，引雅石以营造诗画般的空间意境，并绘制了《拙政园三十一景图》留于后世。八大山人每每画出头重脚轻的危石怪石，与孤寂的荷叶、翻白眼的鱼鸟等一起创造出荒寒寂历、奇境独辟的艺术境界。

古人历来对于雅石清供推崇备至，时下文人也纷纷效仿，言必“云头雨脚美人腰”，藏必传统四大名石。对于爱石之人，能以重金觅得佳品固然不错，而外出信手捡来的石头也当敝帚自珍。一方石头与一个人邂逅，往往可遇而不可求。我书案上有枚手玩石，也兼作镇纸，在我发现之前它在一家园艺店里不知待了多少年。我拿起来颠三倒四便看到了一只“青蛙”，褐色蛙皮，蛙眼鼓突，腹部、四肢皆青白如玉，其形态好似要鼓劲一跃，脑子里便浮起稼轩先生的词句：“稻花香里说丰年，听取蛙声一片”。书案上的另一方戈壁石则是父亲所赠，巴掌大的一片“黄叶”，叶脉清晰色彩明丽，而最为奇特的是叶上卧有“白虫”，遂起名“一叶知秋”。

最后再替石头说几句好话。奇石之好，在于天然而无补缀穿凿之痕，就如没有匠气而只有灵气的文字，读之如行云流水心潮也随之起伏荡漾。奇石之好，还在于它从不重复他人的面目。当然，奇石最大的妙处莫过于让你的生活别有一番滋味。

造物有灵且美

每次到北京，我几乎都要去逛逛潘家园或者琉璃厂，看看老书店也看看古玩铺，就是看一看，不一定会买，当然还要看看奇石和木雕。我头一回到潘家园去应该是在二十年前，记不得当时去北京干什么，总之被一尊枣木达摩站像吸引过去。雕像有三尺多高，额头隆起，鼻梁高耸，下颏前探，蟠结成卷的眉髯使眼睛陷得更深，颧骨突出相貌奇古，让人想到他十年面壁的枯寂岁月。与精缕细琢的面容相比，下边的树根瘤节自然形成了衣裳褶纹，有大匠运斤如风之感。记得在一本叫《造物有灵且美》的书里，有小段文字让人颇堪回味："无论人与人，还是人与物，如果互相是对方缺少的那一半，那么两方终有一天会走到一起的。"我当时正有这种忽然遇见的感觉，虽然手头拮据，还是向一起来的朋友借了钱将它购下。

"大玩家"王世襄先生认为，古代雕刻无论年代早晚、身躯大小，只要有它自己的精神风采，予人美的感受就是有艺术价值的作品。那尊达摩当然不是什么老件，但我仍同等视之。我那时的书房很小，我与达摩可以说是真的"亲密无间"了。

我对木质的东西向来有着天生的好感，它温暖洁净，质朴而美，细闻还有淡淡的木香，让人的心与自然更加贴合。说到这儿，我不免要把话题扯

厚圃写

到故乡潮汕的木雕上。我小时在那些陋巷老屋奔来跑去，长大后方意识到自己原来奢侈地生活在民间的“博物馆”里。那些民居老宅的檐角、梁架、额枋、门窗、屏风、隔闪等等，无不采用精美的木雕去装饰，给人富丽的印象。还有庙宇里头大大小小的菩萨，什么王爷夫人，护卫的将军侍候的婢女，虽然是木头刻的，但由于融进了人的感情和思想，便有了生命。它们庄严、肃穆、美好的形象，时时唤起人们对于神明的敬畏与崇拜。

就像日常的一饮一啄，其背后往往隐藏着当地饮食文化的传统与内涵，旧民居里的木雕，也一样蕴含着中国传统文化的精髓，它所散发出的丰厚温润的气息，常常让人长时间感动。我想这大概就是艺术的力量吧。

多年前我去过潮州市铁巷的已略黄公祠，仅其中的梁枋、梁桁和柱间的金漆木雕就看得我眼花缭乱。至于梁架上的木狮子为何形态各异，我请教过当地的专家，他们说是主人引入竞争机制的结果。具体说来就是聘请不同的工匠竞技斗艺，干活时用竹帘隔开，互不窥视，待竣工后再请内行者评判，赢者获得高额奖金。

说起来潮汕木雕历史悠长，但真正发展起来却是清代弛海禁之后，红头船往返南洋，樟林港的崛起给当地人带来巨大财富。清代嘉庆《澄海县志》里这样描述，“望族喜营屋宇，雕梁画栋，必极工巧。大宗小宗，竞建祠堂，争夸壮丽，不惜赀费”。大兴土木势必带动民间各种艺术的进步，相关的传说也随之而至，记不清是哪户人家让工匠搭建一座杉木结构的戏台，工匠竟不曾使用一颗钉子，均以卯榫相连接。于是主人提出疑问，领头的工匠也不多作解释，将一块卯榫连成的木构件当众丢入水池，连泡三天三夜后捞起让主人拆开验看，连接处竟无水浸痕迹。这样的故事无文献可稽，不过很有意思，人们于是不厌重复地说着听着，一代传给一代。

说到这里我忽然明白了一个道理，这世上其实没有什么不好的材料，关键是看你如何使用它。尊重和顺应材料的自然之美，以异而异、各异其趣方好。

再说几句闲话，数年前我搬至龙华，书房大了许多，便趁机把书桌和画案都换成了巴西花梨大板，花纹十分好看，可惜的是，再大的桌面，再好看的花纹，都终将被越积越多的书本、器物所覆盖。

山子

吾乡樟林有清代名园西塘，集住宅、书斋、庭园三者于一体，亭榭楼阁，莲池白塔，主景为太湖石叠石造山，石壁上凿着“秋水长天”四字，取自王勃的《滕王阁序》，“落霞与孤鹜齐飞，秋水共长天一色”。少时若要照相，父母便把我们领至西塘取景。当初只觉得假山好看，却不明白它所涵藏的真正意义。

陈继儒在《小窗游记》中说过：“古之君子，行无友，则友松竹；居无友，则友云山。余无友，则友古之友松竹、友云山者。”古代富庶的文人，爱将山石搬进自己的庭院，营造咫尺山林的意境，以追求天然之趣。小块的山石也被文人们随手带进雅室，与经史、香炉、古琴、笔砚一块搁于书案条几之上，一拳之大浓缩三山五岳，方寸之间展露气象万千。文人们朝夕游息其间，人与物相互浸润，以求得心清意远，抵达天人合一之境。

赵希鹄的《洞天清录》有怪石辨，“怪石小而起峰，多有岩岫耸秀嵚嵚之状，可登几案观玩，亦奇物也”，这应该就是“山子”的原意，后来又扩展到用竹木牙角、玉石陶瓷等各种材质来制作雕琢的摆件，比如笔架也属此列。记得小时我家有一座寿山石山子，一拃多高，外形呈峰峦状，上边雕刻着花花草草，大热天我爱偷偷抚摸它，从细腻的石质中寻得一丝凉爽的触感。后来我家搬了新居，那座山子从此不知去向。

一般说来，文人赏石、藏石的雅好盛行于唐宋，晚唐画家孙位的唯一传世之作《高逸图》，或者宋徽宗赵佶的《祥龙石图》，都有奇石的身影。到了明代后期，随着《素园石谱》一书的问世，文人对奇石的收藏似乎进入了高峰期。我的书案上有段时间搁着一本《素园石谱》，属于浙江人民美术出版社出版的“古刻新韵”系列，石谱本身绘制精美，印刷也好，苦读之余翻翻，颇能一浣浊眼放松心情，至于说那是李后主的砚山、苏轼的雪浪石或者米芾的研山的写真，就不必去较那个真了。

我父母爱石也藏石，旧宅“醉园”有大大小小的奇石不下千块。我的两个妹妹或者关系密切的亲友乔迁，我父亲就会割爱送一座山子给他们，就算对方不懂赏石，至少也明白它能起到“石敢当”那样驱邪镇宅的作用。几年前我带着父母去美国，在纽约参观大都会艺术博物馆，于二楼的露台意外地见到一个仿中国苏州园林风格的景观，“泠泉亭”里摆着一方四尺有余的灵璧石，配以苏工底座，亭子四周湖石堆砌，室内的几案上也摆着梅瓶枯枝笔筒山子，有一方皮色灰白的湖石孔洞贯通，温润古雅，让人至今难忘。

我在深圳的家里藏着好几座山子，太湖石、灵璧石、戈壁石等石种，画案几桌书架博古架上随意摆放，隔一段时间也会换换。夏天到了，在山子侧旁搁一器皿，养一朵莲花；秋天来了，往一只青釉开片的盘子里放几枚小巧的佛手；接近岁末，养一两盆水仙，再在山子前搁几只黄澄澄的潮州柑，算是岁朝清供。古人讲究清供，就是把文玩、卉石、瓜果置于案头以供观赏，若是有收藏的岁朝清供图，也可张挂出来，为草枯风寒的岁末年初增添一缕喜气和暖意。

我的书桌上还摆着一方广西大化石，为好朋友所转让，比沙田柚要大些，外形也有点像，色彩明丽石质细腻如小儿肌肤，经过经年累月的摩挲抚玩，表面更是明亮如珠。我不知道它算不算山子，我总以为山子还是应该有着峰峦的样貌，哪像它形如柚子，其实也不太像柚子，似乎更像一个收束了口子的钱袋，若有人再问我它的名字，就叫“代代平安”好了。

书巢

爱书者无不向往拥有自己的一间书房。倘若说“文章是案头之山水”（清代张潮《幽梦影》），那么书房便是学子之天地。书房要有书案，如张中行先生所说的，“如果略去占地方这个缺点，书案以宽大为好”。书案宽大，可堆放随时备查的典籍图册，还可放几件可供把玩的物件，如白玉手件、石楠烟斗，或一枚肉石。书案一大，还可瞬间改为画案，铺上棉毡挥毫作画。另外，既然是书房，就要有书架、书橱，可根据自己的喜好层层叠叠摆满书本。至于书房四壁，最要紧的是有书画补上。李笠翁在《闲情偶寄》中谈及书房四壁的布置，挂画要适可而止，不留余地“亦是文人俗态”。我以为最好是挂上自己心仪画家的作品，若自己能画能写，也可挂一两幅以明志趣，就算稚拙也无大碍。书房嘛，毕竟是私人禁地，“非高流佳客，不得辄入”（明代张岱《梅花书屋》）。

明代的张岱曾在《陶庵梦忆》中描绘过他那个置身于鸟语花香的梅花书屋，光屋后的花草就教人垂涎。西府海棠二树，“花时积三尺香雪”；西瓜瓤大牡丹三株，“岁满三百余朵”，何其壮观？对于现代人，特别是城市人来说，这简直是一种奢侈。

我勉强算个书生，也不能免俗，一直向往有个书房。在天津念书时，我们的书房就在集体宿舍的床上，每个人都用木板在床尾搭一小桌，将书本排在上面，每晚熄灯后听到管理处的大爷远去的脚步声，才敢起身点蜡看书写字，困了就将脚伸至桌下让身子滑下去。那会儿每间房住六人，上下铺，到了深夜灯火煌煌，蔚为大观。有一晚，同宿舍的王同学打起瞌睡，碰倒蜡烛烧掉了半边蚊帐。工作后，我终于拥有一个六平方的房间，读书写字，还有谈恋爱全在里面进行。

后来成家有了房子，我所谓的书房也是从阳台分出半边隔出来的，朝南处开着一排大窗，搁上书桌，原想用于作画写字，不料被太太看中，要用时只好抱开她的手提电脑、香炉香枝还有一大摞她喜读的书籍，方能研墨运笔。连着阳台另一半的西边，也是一排大窗，我让人做了八九尺长的条形书案，嵌入墙体，上面摆着台式电脑，还堆放着些需要翻阅的资料。刚开始还觉书房宽敞，慢慢地书多起来，还时不时搬进一些木雕、瓷器、奇石之类的东西，又显逼仄了。好在后来搬了新房，比原来房子要宽敞得多，未交房便打算拿较大的卧室当书房，它的门直通阳台，我正好故伎重施，将阳台一半纳入书房范围。太太仍嫌小，说不如把客厅当作书房布摆算了，假若家中老人过来小住，想看电视，可安在自己的房间。

几乎是，每个读书人都要为书房想个好名字，其郑重其事的态度不亚于给孩子取名，或言志或抒情或暗喻，以释放平生情怀。知堂老人在北平的书房原名“苦雨斋”，后改名“苦茶庵”，好像一生不离苦味。大收藏家、书法家张伯驹购得西晋文学家、书法家陆机手书的《平复帖》，当得知此物乃世间保存得最早、最完好的书法真迹后欣喜万分，遂自题斋名“平复堂”。王祥夫老师也给他的书房起过好些名字，开始叫“八面来风斋”，盖因屋子四面是窗，风来乱翻书，后来才更名“珊瑚堂”。我父亲喜藏奇石，故将书房命名为“师石书屋”，书屋原是二楼走廊尽头隔出来一小间，其实客厅、卧室也都堆满了书。祖母去世后，父亲将书屋搬至一楼祖母原来的卧室，在那儿读书写字午休。我觉得这是对祖母最好的纪念。

我也附庸风雅，请父亲给我的书房取名。父亲说陆游因“乱书围之，如积槁枝”，所以“名其室曰‘书巢’”，我的书房干脆就叫“抱圃巢”，并挥毫写下此名，刻于一方“贵州青”柱石之上，托我妹妹运至深圳。

对于读书人来说，有个舒适的书房当然是件好事情，但真正的书房不在乎大，而在乎情趣，在乎实用，在乎你不是把那些书当摆设，而是真正从中猎取知识，开阔眼界，找到阅读的快乐。我也有好些喜爱读书的朋友，在深圳拿着微薄的收入，要买下片瓦遮身殊已不易，更遑论拥有一个窗明几净的大书房。所以我常半开玩笑半认真地说，他们的书房是“流动式的”，在车间，在地铁，在过道，在厨房，在床上……在哪里读书，哪里便是书房。

自古以来，没书房而有大学问者比比皆是，王冕牛背上苦读，陶宗仪耕田著书，匡衡凿壁偷光；大学者周有光一生中也没有像样的书房，他曾写过一篇《有书无斋记》，还写过一篇叫《新陋室铭》，里面有这么两句话：“卧室就是厨室，饮食方便；书橱兼做菜橱，菜有书香”。

康熙年间，满腹经纶的学者朱彝尊在六月初六那天袒肚露胸晒太阳，谓之晒书，被微服出巡的康熙撞见并加以重用，此后读书人就把那一天命名为“晒书节”，争先拿着诗书字画出来晒太阳。近年来，听说有人在网上办起了以书会友、图书漂流和图书推荐为主要内容的“晒书会”。这个“晒”实际上字义已变，应该是“秀一秀”的意思。我倒以为，真正要秀的不是书，而是学问。

案上白云

我的书房曾一度叫朵云斋，盖因小女名朵，后来她改名，书房也就简单地称为厚堂。厚堂除了配有书案还有画案，因而也兼当画室。书案上除了放两台电脑，还有越堆越多的书。书的类型，大致上随我写作的文体题材的不同而变化，比如给报纸写专栏随笔那段时间，案头的传统文化书籍自然就多起来，比如《容斋随笔》《古文辞类纂》《夜航船》等，当然也不乏“知堂随笔集”、《雅舍小品》以及《钓客清话》《阴翳礼记》《园圃之乐》一类的书。而如若写小说尤其是长篇小说，书案上通常会垒起古今中外的那些皇皇巨著，《史记》《金瓶梅》《静静的顿河》《万有引力之虹》等等，落笔之前随手翻翻，以期“壮胆补气”。两三年前，我耐着性子通读了《战争与和平》，以弥补从前忽略过的大段大段的议论。林语堂先生的《京华烟云》我也读了，不知道是不是翻译的缘故，总觉得温温吞吞无法让人激动，倒不如读赛珍珠女士的《大地》三部曲来得痛快，看这位比中国人更了解中国人的作家如何诊察世间疾苦，揭开人性脓包，又如何以现实主义的笔法震撼我们的心灵。除了书籍，我的书案上还搁一方大化石，细润若女子肌肤，至于那枚拳头大小、状如青蛙的戈壁石，既可镇纸又可把玩，手疗效果不逊于核桃。

新年快乐
戊戌歲

再说说画案，有两米六七的长度，一头堆书而另一头靠墙，立一小博古架，架上搁着茶壶手玩石等小物件。画案上有砚台一方，大笔洗一只，笔洗如今已被那只叫胖墩的肥猫当作水槽而据为已有。一方好似东坡肘的潮汕蜡石，一座戈壁石山子，一只清代香炉，没事时我会焚片香，在若有若无的缕缕青烟中闭目片刻。

每天我都会空到画案上涂抹几笔，或临帖或画画，有时是在晨曦初绽的早上，有时是在余晖收束的晚饭前，更多是在我静不下心写东西的深夜。

从书案到画案，相距不过数步，但给我的感觉却像翻山越岭，跨越漫长的距离。从键盘到笔墨，从文字到图画，从现代到古代，从西方到东方，从一种想象再到另一种想象，仿佛经受着一场穿越……

“窗竹影摇书案上，野泉声入砚池中”（唐代杜荀鹤《题弟侄书堂》），我的书房很少摆花放草，因为窗外有着空中花园的满目碧翠，围绕四周的树木仿佛为我而栽。只要敞开窗户，必有凉风和草叶的气息涌入并拂动铺开的宣纸。画案上没有像样的镇纸，不过我若拣起笔来，两只白猫多半会跑来压住纸角，成为镇纸的“义工”。它们在书案上画案上来来去去，宛若飘动的白云，倒是应了原来朵云斋的名儿。

笔耕为养

我读的书多是些闲书。按照有些人的理解，闲书等同于没用的书。对于书本上的东西，我向来没有多大的期待，要靠它挣大钱那是不可能的。“书中自有颜如玉”，我看也是骗人的，就像犹太人往书页上涂抹糖浆以诱导孩子，终究会被发现。读书乃寂寞之道，知识也会带来苦涩与无奈。

知堂老人说过，“我们于日用必需的东西以外，必须还有一点无用的游戏与享乐，生活才觉得有意思”。读点闲书似乎可归入此类。现在的生活节奏这么快，精神高度紧张，读闲书，正好放松一下，发发呆，寻求那种游离于现实之外，有时会产生某种永恒感觉的乐趣。再有就是，帮助我们打破脑子里那些过于理性，甚至固化的东西。人生嘛，本来苦多乐少，有时少一点逻辑性反而会变得更有趣，就像姑娘们偶尔任性一下会让人觉得可爱。倘若有人提早告诉我们，明天会怎样，后天会怎样，大后天又会怎样，活着还有什么意思？

这么说，闲书里边还是有些可取的东西，只是需要点点滴滴去积累，不能那么快就兑换成什么。在这里我忍不住要说说金冬心，这位大画家早年并没受过什么绘画训练，只是书读得多诗写得好。五十岁作画，纯粹是受了文心才情的驱使。有了丰厚的学识做底，金先生涉笔即古，脱尽画家之习。别的画家画梅花，爱题什么“梅花香自苦寒来”，他题“清到十分寒满把，始知明月是前身”，于是格调高出他人一截。

近些年，除了上班外我甚少出门，就是想多读一点书。人生苦短，时间精力皆有所限，我通常会精读一些经得起时间考验的作品，西方的名著名译也拿来重读，只是对译者比较挑剔。我对甫一面世便吹嘘得厉害的作品保持警惕，果真是好书倒也罢，事实上却不是这样，上过几回当之后便不再理会那些腰封上写着什么了。几乎每一年，我都会买上几十上百本书，每本书有每本书的特点，哪些适合厕上读，哪些适合枕边读，哪些该细读，哪些翻到哪页读哪页，自己要心里有数。一本好书，多读几遍无妨，因为在人生的不同阶段阅读它，获得的体验会大不一样。

也有一些书，非读不可却又读不进去，我只好把它带上飞机或者高铁，百无聊赖时一下子就读进去。我有时读书也带着功利性，比如写随笔，除了钻“旧纸堆”外，还找些明清小品读一读，以学其“短而隽”，再读读心仪作家的散文，找找语感。再比如写长篇小说，我习惯于在案前垒些大部头，就好像请来几员大将压阵。落笔前先信手翻翻，感受别人的气场，犹如借酒壮行。

至于有人说某大作家可以在闹市中读书，我是断然做不到的。如果能够选择，我以为雨夜最相宜。露台外的雨水淅淅沥沥地下，书房里只亮一盏弯弯垂下的灯。有朋友帮我刻过一方闲章叫“十年灯”。江湖夜雨的“灯”应该是清寒的，如同佛门的青灯，我还是喜欢暖色调的，最好是橘黄色，明亮的光圈罩住书案一角，别的一切纷纷隐退，变成“点彩派”画家笔下影影绰绰的景物。此时此刻，再有一杯热茶足矣。

多年前我去过浙江的西塘古镇，见一老宅门匾上书有“笔耕为养”四字。在古代，一个文人靠抄抄写写是可以安然度日的，时下的境况却大不一样，就算有点名气的作家，仅靠笔耕也是难以做到“岁月静好”。究其原因，爱读书的人愈来愈少。人人都懂得告诫子女要多读书，自己却不屑为之。

如此说来，读书写字仍然用处不大，仅可滋养内心而已。

第四辑 至亲

醉石
兰香
怀德
那边

醉石

父亲何时迷上石头？我没问过他，所有的一切仿佛自然而然。有一天他把一块石头带进家门，然后就有了第二块、第三块……记得父亲曾说过，小时候他喜欢画画，也喜欢音乐，但囿于家贫，没能得到学习的机会，后来他爱上文学，读了不少中外名著，最终却拿起笔为单位写些老气、呆板的材料。听一位亲戚说，多年前他到我家来，见过厚厚的一册“剪报”，那都是我父亲的作品。父亲却从未向我提及，可能觉得那不过是为稻粱谋、不得已而为之。在他内心的深处，一直在寻找，寻找一片可供精神栖息的地方。这个世界越来越嘈杂，越来越靡丽，而他却希望找到属于自己的宁静与质朴。与那份中规中矩的工作相比，他更乐意放怀于山水之间，让一切回归本我。

父亲那份蛰伏于内心的渴望，有一天忽然被奇异的石头所点燃，恍若暗道走尽，亮光乍现。那些《道德经》里拿来与行道之人的纯朴相比较的、未经雕琢的石头，不仅结束了他二十年的“烟史”，省下钱来购石，更成了他收藏的开端。或许父亲那个时候还没有真正意识到这片天地的深厚阔大，足以支撑起他的精神世界，让他从繁琐的行政事务中挣脱出来，抵达心向往之的自由天地。那是20世纪90年代初期，藏石对于许多人来说还是一件新鲜

一石清供子
庚子春厚堂戏笔

事。他利用节假日的闲暇出入于城里那一两家简陋的奇石店，更多的是往返于山野林木之间，逐渐沉醉在那个泊然无染又意趣盎然的世界。

在往后的二十多年里，我曾多次跟随父亲走进深山老林，山道犹如丝线，缠绕山梁，溪流在岩石上击起朵朵浪花，山间四时，色彩变幻，仪态万方，野花发出幽香，佳木披挂繁荫，花草缭乱人眼，深涧水落石出。我终于明白，父亲那一颗尘心是如何被海拔高处那逼人的碧绿、清澈的空气、纯蓝的天色一点点地洗涤，从而获得清明疏朗的心境。在大山的褶皱里，莽莽林涛之中，如鸟兽般地生活着的一窝窝的山民，他们平时除了耕种还兼挖腊石，变身为“石农”。有次，我陪父亲蹲在一山坑边看他们下水，耐心期待好石出现，突然天降暴雨，躲无可躲，全身淋得精湿，好不容易跑回车里。由于道路泥泞，一时如浪里行舟，险象环生，车轮不时陷入泥淖之中，为配合司机，我们只好下来推车，汗水与雨水交织在一起，泥巴把衣衫染花变成了迷彩服。回家后父亲咳嗽如放炮仗，尽管吃下了感冒药，到了夜里仍发起高烧。而我也是喷嚏连连。次日一早，父亲接到石农打来的电话，说昨天获得一方好石，又来了精神，翻身下床，不顾母亲的阻拦再度进山。

假若父亲为了收藏而收藏，那也不失为一种雅趣，可是奇异的石头最终还是唤醒了他小时对于艺术的渴求，开阔的视野仿佛通浚了阻塞，把他浓烈的兴趣转化为更为深沉的文化自觉。他不再满足于奇石形态质地、色泽纹理的“悦目”，也不再满足于其秀色所引发的“赏心”，他更在意于能否深入石头的内核神韵，对其多维的美学内涵加以挖掘拓展，赋予奇石更多的人文精神。他开始从文化的视野出发，澄怀味象，“以超越表象之貌去发掘其精神内涵，从文化、历史语境中去寻找中华奇石的神与魂”（引自韩杰《天工意匠》后记）。

在父亲的眼中，奇石是有灵性、有生命的。每回看他洗石、赏石，那专注投入、和善可亲的样子，总会让你觉得它们都是他领养回来的婴孩。他轻抚着它，眼角溢着笑意，仿佛能够感受到其中的温度，与它们血脉相通。为了给它们配座，他一遍遍地跑潮州市找最好的木雕师傅。更辛苦的还在后头，他要为每一方奇石提炼主题、命名、摄影、撰文，简直是绞尽脑汁彻夜难眠。其中最重要的环节，是要根据石头天然的外在形体，内在的矿物成分，所呈现的色相、色度，以及表面形成的各种物象等要素，为其立意定位，赋意命名，并抓住奇石自身的"美点"解读诠释，赋予石头历史文化意蕴，并以文字的方式记录下来。那些看似普普通通的石头，经过他的妙手，经过他的慧眼，经过他的明心，仿佛从幼虫变成了蛹，再变成了蝴蝶，这个引人入胜的过程让他深深着迷。

很快，国内最具专业水准的赏石刊物上，一次次地刊出父亲的赏析文章，"韩杰"这个名字不胫而走。有评论家认为，他以亲身的经历对赏石文化做出了理性的梳理和开拓性的探索，其语言精妙古雅，感悟深切，富于哲理。我却从他的文章里看到了另一种东西，那是一种水一样的情感，是在程式化的文章里所触摸不到的温度，所感受不到的自在和欢喜，它如玉石般呈现出迷人的温润与光亮。

对于奇石，父亲是真心热爱的，不仅仅热爱，简直到了如醉如痴的地步。写文章的案头放着手玩石，餐桌边摆着的"酒瓮"也是一方奇石，就连枕头也是以石头代之。他把书房命名为"师石书屋"，并刻于一方油亮金黄的腊石之上，书房里还挂着一枚状如逗号的石头，下面写着他的座右铭："读石无句号！"他手不离石，口也不离石。他管家里的院子叫"醉园"，声称"人皆醉酒我醉石"。他不断赋诗赞美奇石，其中有首《痴石吟》，既是痴石的感悟，又难掩石痴的情怀：

女娲创世补苍天，

尤物遗荒陨醉园。

杜子描图仁者谱，

韩生读石嗜之诠。

含真守朴寻通理，

托象传言悟妙禅。

万事神交无限意，

云根假我以华篇。

受了父亲的影响，我也爱石，每次旅行，总要找机会参观当地的奇石，也自然会联想到父亲所收藏的那个石种。譬如到了安徽，我必定会想起博古架上那方叫《大江东去》的古灵璧，其纹理真谓“干裂秋风，润含春雨”，如浊黄厚重的江水层层叠叠、滚滚东去。参观苏州园林，又会想起父亲送我的那方枣红的太湖石，通灵剔透、嶙峋玲珑，为表达喜爱之情，他曾写过一篇《一卷奇石何玲珑》的美文。即便是没有外出旅行，坐拥满室来自四面八方的奇石，你也会引发“化太山而为秋毫，观一尘而见大千”的遐思，在莞尔与凝神之间，一次次地启悟和感动。

父亲说过，他不喜盆景，如龚定庵不喜病梅那样，因万物宜顺其自然；他也不喜假山，总觉得堆堆砌砌，匠气十足，失之于天然。他独爱奇石，是因其“秀色”，在咫尺之内能隐约见烟云草木之美姿，能遐想明月清泉之韵致。他独爱奇石，是因其“坚姿”，与志士仁人的守节不移、风骨犹存的人格魅力有着异质同构之妙。他独爱奇石，是因其拥有精神的阔度，“百仞一拳，千里一瞬，坐而得之”。他独爱奇石，是因其暗合了道家儒家的精神境界，返璞归真，天人合一。他独爱奇石，是因其点亮了他的灵感，写出一本叫《天工意匠》的赏石专著。我却觉得，他痴迷奇石，持守不放，最大的缘由在于他与它有诸多相似的品性。

石虽不言，大美在焉！

兰香

母亲的娘家在镇上，父母都是医生。母亲姓张，六姐妹中排行老四，熟悉她的街坊都喊她的乳名“幼”。在那些泛黄的黑白相片里，母亲梳长辫，端庄秀美，双眼皮的大眼睛透出灵气，落落大方笑意盎然。母亲是老三届，跟父亲是同班同学，也都是学校文宣队的台柱子，高中毕业适逢“文革”无缘高考。在那个教师被斥为“臭老九”的年代，母亲却心甘情愿到生活艰苦的农村去当一名民办老师，做知识的传播者。几年之后，母亲有幸被推荐去念师专，改革开放后，她不仅自学英语，还以惊人的毅力函授了大学文凭。在参加学习的三年里，她既要侍奉老人，还要培养孩子，就算家务有父亲分担，她也还有自己的一份职业，其艰辛可想而知。几乎每个周日，她先要骑车到镇上的车站，再坐一小时的公交车去县城，风雨无阻，最终以“优秀学员”的称号毕业。

一个人选择什么样的生活道路，按常情或世俗利弊是难以说清楚的。母亲起初或许只是出于对知识的渴求和热爱，将心比心推己及人，也可能想要以自己的智能和劳动，换一份简朴的温饱，过恬淡的日子。那时候她还说不清前面迎接她的会是什么，只能保持着平静、宽阔、从容的心境耐心守候。

母亲是真正拥有某种内在精神品格，可以说到做到、坚持到底的人，到了后来，教书育人真的成为她生命里最为炽热的，也让她倾尽心力的事情。

前段时间，广州有位年过五旬的书法家联系上我，说我母亲是他小学时的音乐老师，我才记起母亲最早教的是音乐。用最通俗的话讲，母亲是个“才女”，她不仅能够弹奏月琴、扬琴、手风琴、电子琴等多种乐器，还可以填词谱曲，至于唱歌跳舞更不在话下。母亲还会画画，可以一笔不歇地勾勒出一个仕女。我小时最想得到的奖励，就是让她给我画画儿。我不喜欢仕女，我喜欢她画的各种各样的动物，略带变形与夸张，眼睛很大，可爱极了。多年以后我再回想起来，觉得母亲笔下的人物或者动物都是大眼睛，而且特别有神，就像她自己的那双眼睛。

母亲后来改教初中语文，最后又以一名中学英语教师的身份退休。母亲桃李遍天下，每年春节，我家总坐满来看望她的学生，有的风尘仆仆不远万里，有的就生活在周边乡镇，有的年纪比我还大，有的仍然是在校学生，有的已经功成名就，也有的只是帮人家送送煤气罐。我家的客厅坐满了，又坐到天井来，天井坐满了又坐到最外面的院子。母亲和父亲跑前跑后，沏茶水端生果，学生们怡然谈天，不嫌简慢，满院子尽是笑声。有时新来一拨人，眼看没有立锥之地，早来的学生就只好依依告辞。客人走后，母亲常弄不清那些悄悄放在各个角落的礼物到底是谁带来的，而此种行为一旦被她发现，即刻紧追上去非要将礼物还给人家。逢年过节，邻居们经常可以看到这样的情景：我母亲追到院子外边的大路上，顾不上平时的斯文，鼓足劲儿地喊，还跺着脚，她的学生边脸红耳赤地逃跑，边朝着她的方向幅度很大地挥手，或者合掌抖动以示不过是一点小小的心意。我一直不知道母亲如何给她的学生上课，如何教导他们，又如何能够让他们在数十年之后依然对她念念不忘，满口春风。

说起来母亲不光是个“教书匠”，还算得上半个郎中。由于耳濡目染，她从小就知道许多中药材的用法，对那些常见病懂得如何对症下药。我家有个常用药物的柜子，在我小时的眼中是个神奇的所在，只要我们三兄妹中的哪一个积食不化，肚痛难忍，头晕眼花……母亲就会打开它，让我们服下药丸药散，或者往脑门、肚脐周围抹上什么油，轻轻揉一揉，痛苦仿佛在瞬间减轻了一半。至于我家的老人们得以健康长寿，安享晚年，更是与母亲通谙医学知识、懂得精心照料密不可分。

母亲的手很巧，在物资匮乏的年代，我和妹妹们的新衣大多出自她的手。母亲白天上班，只能利用晚上的时间。有时我一觉醒来已是深夜，耳边仍然响着缝纫机发出的声音，嗒嗒嗒，嗒嗒嗒，忽然停下来，过一会儿又嗒嗒嗒，嗒嗒嗒，像支好听的催眠曲将我重新送入睡梦里。

小时候我喜欢跟母亲在一起，总觉出她身上有层出不穷的新东西牢牢地吸引着我，影响着我。若是遇到挫折，受了委屈，只要得到她的抚慰，眼中破碎了的世界就会带着一种新的美好重新黏合在一起，周遭的一切又显出了生气。在我单纯而真实的情感世界里，母亲是精神上一种圆满、深奥、恒久的化身。我尤其喜欢母亲性格中的平和与自然。在她的灵魂深处，有一种因见惯了大风大浪，自觉地将个人的梦想和希望压缩到最小的心安理得。而对于别人的希求，她则怀着一种柔顺的亲切朴素的情感，不找借口只知尽力。但是母亲并不软弱，对于原则性的事情毫不含糊，也有着解决复杂问题的智慧。邻里纠纷，夫妇勃谿，朋友反目……她主动出面调解，许多矛盾之所以最终得到解决，许多坏事后来变成好事，我想不是因为她有多能说，把道理讲得多透彻，而是由于她是闹矛盾的双方所敬重的人。熟人家的孩子考大学凑不起学费，她欣然解囊，谁家的闺女要找对象，她热心张罗……每次帮助别人，她都表现得那么和蔼诚恳，那么自然而然，就像香气从花里散发出来一般，而一旦受了别人的点滴恩惠，则念念不忘。

几年前，我父亲独自到深圳办事，我们父子俩聊到深夜，他忽然聊到我母亲，说起她种种的好来，当他说到她悉心侍奉四位老人时，言语中饱含着感激与赞赏。我父亲小时过继给他伯父伯母当儿子。他们先是照顾着这两位老人，诚恐侍养不周。两位老人走后，他们又将我祖父祖母接来。待送走最后一位老人——我那一百零六岁的祖母，我母亲也已年逾花甲。谁都知道，老人晚年大多体弱多病，常瘫于床，洗身喂食，导尿掏粪，那些辛劳，岂能一言以蔽之？很多人都说她这个儿媳当得真不容易，她只是淡然一笑。

有一年，我在单位提拔时遭受一点挫折，不少人为我鸣不平，母亲知道后夷然处之，说这样也好，你的压力就没有那么大了。她最爱对我说的一句话就是“身体最重要，别的顺其自然”。在我的印象中，母亲经常含着笑，好像没有什么事能难得倒她。我想不是她多有能耐，而是她面对生活的那份从容与恬淡，使生活也随之平顺起来。她曾经说过，你怎么对生活，生活就怎么对你。

母亲热爱运动，退休之后，她和我父亲在家乡创办了一个“太极园”，有拳友近百人，他们经常带着队伍参加比赛，获得了不少奖励。每逢节日，他们还将大家组织起来表演文艺节目。母亲一人多“岗”，又导演又排练，又演出又指挥，忙得不亦乐乎。在她的指导和鼓励下，连那些大字不识几个的阿婆也敢于走上舞台边唱边跳。

母亲喜欢旅行，但每次都是匆匆出门又匆匆归来。她离不开她每天喂养的鸟儿和锦鲤，离不开她每天浇灌呵护的植物，尤其是那些遍布阳台、天井、客厅、院子的不同品种的兰花。春天里，阳光满院，繁花如簇，兰花因其质朴淡泊、清新高洁、风骨卓然而有别于其他花花草草，我忽然明白，母亲缘何爱兰花。

怀德

我真不知道我外公是什么样子，“样子”这个词所涵盖的意义甚广，既指外表又关乎内心，他在别人眼中或自己的认知里也许都会有很大的不同，而我只关心最真实的那个外公本身。外公从出生的1903年到去世的1958年，半个世纪的光景，中国历史上发生了多少惊天动地的大事，清朝灭亡，军阀混战，国共合作抗日，之后又陷入了激烈的内战，直到新中国成立百废待兴，外公迎来了他一生中的高光时刻，终于可以安安稳稳全情投入到他钟爱的事业中去，可惜天不假年。

我外公叫张荣光，先祖张公清海，原系福建省泉州府人氏，后到饶平黄冈创业，在丁未路盖建医寓，挂牌“怀德堂”，执业祖传骨伤科。曾祖膝下共有十二个子女，八男四女，我外公行五，据说自幼明慧苦学，最终承接家传衣钵，青年时只身到澄海县东里北栅街置铺执医，以光大“怀德堂”医术。

我外婆黄婵音嫁给外公后，便成了他的学生和最得力的助手，外婆后来在当地卫生院当医生直至退休。外婆生前聊起我外公总是那么干巴巴几句，说那个年代生活困难，孩子又多，外公为了养家糊口忙得不可开交，但从不因此而怠慢家人，他理解她的辛苦主动分担家务，一有空就帮着她做饭、擦地、洗衣、带孩子，尤其是在她坐月子的日子里，更是百般照料温存体贴，共同撑起这个家……这些话听起来固然温暖，但也不过是一个好男人应尽的义务。我母亲的表姐常挂在嘴边的一句话也在佐证这个事实：“我姑（指我外婆）嫁给荣光姑丈，真是好福气！”母亲表姐都九十多岁了，过去的事大多从记忆的筛眼里漏走，却仍念念不忘一件事，有一年春天，狂风暴雨，她家的老房子经不起折腾，屋顶的瓦片被掀起，水哗哗地流下，下水道又堵塞，正在无助之际，我外公不请而至，二话没说就脱下上衣，卷起裤脚疏通阴沟，又翻身上屋顶抢修，雨水是不漏了，他自己却被淋得像只落汤鸡……

外公究竟什么样，母亲倒是一再向我描述，说他高瘦俊朗，为人谦恭儒雅，但我仍然将信将疑。外公去世时母亲才十岁，对一个小姑娘来说，世界的许多人和事大致都是高大的吧？而在女儿的心目中，父亲更是英雄般的存在，尤其是年少时失去了这份依托，应该更加深了她对父爱的渴求还有对父亲形象的叠加美化。我父亲好不容易找到了一张外公的老照片给我，20世纪50年代的黑白影像，模模糊糊的两个中年男子，左边矮点的是我外公的八弟，我外公果真身材修长，戴着八角帽，穿着中山装，眉眼深邃，除了透着几分斯文，确实看不出有何特别之处。在那个穿戴千人一面的年代，没有什么值钱的东西可以标榜他是个远近闻名的医生，当然也可能是他本来就含蓄内敛。据当地卫生院退休干部郑宗汉老人回忆，当年他在刘振达医生私人诊所当药童，曾多次目睹外公的风采，说他穿着讲究的中山装，头戴通帽，手执拐杖步履从容，面带微笑温存厚道。黄光昭、张良才等一帮青年医生（他们后来大都成为当地名医）听说我外公到了，纷纷跑来将他围在中央作揖寒暄，老人家说这是因为我外公医术高超远见博识，对患者又不论亲疏贵贱，堪称宅心仁厚，因而受人尊敬。

父亲告诉我，昔年与我母亲谈恋爱时，看到她家二楼的一侧堆放着患者为感谢我外公外婆送来的镜子、牌匾，他们是一个也没挂出来。这倒是让我有些惊讶，不是说低调做人高调做事么？现在有哪个医疗诊所奖状牌匾不是挂在最显眼的位置上，生怕别人看不见。甚至有些还是自己买来糊弄人的，而到了我外公这里，却把一堆宣传的“好材料”搁在了角落里积灰结网。我这个什么都不信、只相信世俗逻辑或者证据的现代人这下可就犯糊涂了，我外公为什么这样傻呀？

还有一位老人抖抖索索地告诉我，年少时他曾从屋顶摔下来导致骨折，是我外公帮他治愈的，然后居然绘声绘色地讲起外公的另一个传奇故事：他一朋友的父亲昔年因一次骨折事急投医，医治后走起路来仍一瘸一拐，疼痛难忍。经人介绍请我外公为其复诊。我外公便对患者的骨折旧伤进行了摸、捏、推、拿……将患者旧伤的骨关节断开重新对接，再采用汤药内服和药膏外敷相结合，病人关节的软组织迅速得到愈合，行动自如，一时传为佳话。

至此我才回忆起外婆从前说过、我当成“古仔”（方言，即故事）来听的一些往事，比如有一次，一大帮人齐聚“怀德堂”医寓门口，原来是两拨人马因斗殴致伤，双方人员争执不休。我外公沉静地对他们说，眼下不是论理的时候，看病要紧。待给伤者诊断上药包扎后，才以公平严正的态度斡旋调解，由于他有着缜密的分析力，说话真诚又富于说服力，一番道理讲得闹事双方口服心服，化干戈为玉帛。

外婆一直都是外公的崇拜者，两口子相濡以沫经受着人生的多少风浪，外公走后，她一个人带着六个女儿，就算老大基本独立，后面还有五个女儿，在那个物资匮乏的年代，该有多累啊！尽管如此，外婆仍然觉得自己没有外公辛苦。她说外公在生时，哪怕是寒冬腊月、三更半夜，只要有人来求医，他就一个骨碌起身，二话不说穿好衣服，迎着凛凛寒风随来人出诊。全国解放初期，东里中医联合诊所成立，我外公担任领导职务，并作为县政协委员经常进城参加各种会议各项活动，成为一个地地道道的民主人士。他深切地知道自己的使命，一有时间就往卫生院、诊所跑，收集医生、病人的意见建议，及时为他们排忧解难，而医生患者也常到他家反映情况。

一个人的精力毕竟有限，而等着我外公去做的事情又是那么多。一个烟酒不沾、深谙养生之道的名医，终因积劳成疾英年早逝。可以想象得到，像我外公这样珍视家庭亲情的人，最后却不得不抛下挚爱的妻子和六个女儿，这对于弥留之际的他是多么痛苦啊！而对于他所倾心投入的事业，壮志未酬，又是多么的遗憾！

了解了这么多，外公就这么半真实半想象地活在我的心里，可一样没见过外公的父亲倒显得十分肯定，将外公的样子写进了诗里："杏林三月忆怀堂，心正仁风治骨伤。诚向壶公修济世，借来橘井颂荣光。"

那边

转眼中秋又过，不觉间祖母已走了一年，说实话，我并没有太多的哀伤，倒是常常陷入回忆，与她相关的往事历历在目。似乎就在刚才，还听到她“宇儿宇儿”地喊我。在潜意识里，我觉得祖母根本就没有离开，她只是以另外的方式活在我们的周围，一闭眼，就能看见她踮着小脚，颤颤巍巍地扶着墙，絮絮叨叨，反反复复：“求神求主保佑我家宇儿平平安安……”

记得小时候，老家的阁楼里曾摆放着两大件水牛般黑乎乎的家伙，家里人说那是祖父祖母的寿材。我问过祖母：“您会死吗？”祖母说会啊。我问死了会往哪里去？祖母想了想说：“去那边。”我问：“那边是哪边？”她仰起脸，眯着眼望了望天空：“那边呀，是个很自在的地方，什么事都用不着你去操心。”我说我也想跟着她去，吓得她皱起鼻子，碰见脏东西似的连啐几声：“呸呸呸，瞎说什么，你们囝仔鬼，好日子还长着呢。”

去年中秋晚八点，祖母停止了呼吸。她的嘴巴微微张开，却再也不能发出声音，不能说出哪儿不舒服，更不能为她的子孙们祈祷。她静静地躺在床上，身子蜷缩着，变得很小，小得像个睡着了的孩子。我牵着她逐渐转凉的手，像往日那样看着她，唤着她，可她的脸再没有了往日的笑意。

那天的圆月皎洁如莲，光华四溢，我和父母、大妹坐在院子里，守护着祖母直到天白茫茫地亮。我们有一搭无一搭地聊起祖母在时的那些日常琐细，老人家如何一天到晚替我们操持家务，如何一天到晚惦记着别人的好，却记不住自己的好……平时，她是那么的不起眼，又干着那么不起眼的事，完全是一个唠叨的老太婆，和现代社会毫无关联，我们觉得她甚至不是这个时代的人，几乎忽略了她的存在，而现在，她彻底地切断了和这个世界的联系，我们才突然意识到，惯常的日子实在太过粗枝大叶了。祖母不声不响地走了，也同时带走了那么多美好的生活细节，她那个看似毫不起眼的位置，如今却变成无法填补的空白横亘在我们的生命之中，让我们陷入了关乎生死的巨大深渊。

祖母离去的第二天，邻近的亲朋戚友闻讯赶到，大妹将他们一拨一拨地引到客厅。按照家乡风俗，那里临时架起了床板，换了寿衣的祖母就平躺在上面，身上披一方白布。大妹每次迈过门槛都要高声通报："嬷嬷啊，××来看您了。"仿佛她还活着，只是耳朵没那么灵光，或是刚刚睡去。妹妹每喊一声，泪水就麻辣辣地刺激一下我的眼睛，心也跟着撕开了一瓣。早就明白跟祖母会有告别的一天，也明白一个人活上百岁，在世俗人的眼里已是一种福分，可仍然忍不住地揪心，忍不住地想要像小时候赶路那样，拽着她的衣角不放。

中午十二时，有人过来给祖母做安息礼拜，原来多么宽敞的院子和客厅一下子拥挤起来，这时我才发现，来送别的人中又多了不少陌生的面孔，那都是祖母的教友。

祖母是到了八十岁后才改信宗教的，在此之前，她一直信奉当地各式各样的神灵。潮汕人信仰芜杂，无论是一方古井，抑或是一株老树，只要觉得它有灵气，或者对自己的生活能够产生重大影响，就会对它顶礼膜拜。对于

某件事能不能去做，也喜欢通过问“老爷”、求签、抛“胜杯”的方式来帮助决定。我以为，潮汕人对于信仰的执着，源于对家人深厚的爱，还有对命运不可知的抗争。在潮汕，很多古老的庙宇没有毁于战火与浩劫，也和本地人拥有这样坚定不移的信仰分不开。祖母大字不识，一生中走得最远也只不过是三十里外的县城，以这么一个农村妇女的眼界，到了八十高龄却突然动员祖父一起信仰宗教，的确让我们大感吃惊，还有迷惑。在父亲的追问下，她吞吞吐吐道出原委，她担心自己和祖父百年之后，家乡那些繁文缛节会累及子孙，因为他们大多在外地工作，又都忙得什么都顾不上。她听说信教后仪式简单，场面洁净，不用大七、小七地做足四十九天的道场法事。清明扫墓也简单，献上一束鲜花以示纪念就好了。

父亲听后一阵默然。事后却对我说过好几次：“你嬷嬷真不简单！”

1

从我懂事起，祖母好像就是这个样子，小个子，脸像揉搓过的草纸布满了褶皱；乌亮的头发在脑后坚定地挽了个髻，用一只蟹壳似的发夹别住，纹丝不乱。她的脚板有点畸形，据说小时缠脚缠了一半，她父亲不忍看其惨状，况且时代也已发生了变化，就挥挥手说不缠了。

像所有的潮汕姑娘那样，祖母从小跟着母亲忙家务、做手工，到了可以谈婚论嫁的年纪就由媒人说合，进了陈家的门，在婆婆的指导下学习如何理家，但真正挎起标志着“持家”的“市篮”到集市里买菜，那要到曾祖母过世以后。婚后没多久，祖母就怀上孩子，从那时起，生孩子、带孩子几乎占用了她所有的时间，耗尽了绝大部分的精力。先是我大姑，然后是大伯、二伯、二姑、三姑、三伯、小姑，最后由我父亲完美收官，此时祖母已经跨过了四十岁的门槛，而我大姑也正准备生下她的第一个女儿。祖母从嫁入陈家到生完孩子，跨度二十几年，细细一想，那需要多大的忍耐与奉献啊！但对旧时代的女性，似乎又是天经地义，毋庸置疑。由于条件所限，生完孩子没有好好休养，加之操劳过度，祖母一早就落下了病根，从此孱弱多病，终年没有断过药。我父亲儿时调皮顽劣，有时气急，祖母就会泪水涟涟地抱怨，“少气我，我也不知道生你做什么！反正我是花不到你挣的钱了。”让祖母没想到的是，最终她不仅能花到父亲的钱，还能得到我们这些孙辈的孝敬。

靠着祖父在干果铺当店员的那点儿微薄收入，祖母精打细算，勤俭持家，将儿女们一个一个地养大，还没来得及喘口气，又得去照顾她的孙辈了。有一次大妹告诉我，由于生活拮据，祖母年轻时曾瞒着祖父走街串巷，兜售各式各样的发簪头饰。我相信祖母年轻时的头发一定很好，因为到了百岁之后她的头发依然又油又黑。大妹的话展开了我对祖母年轻时为了这个家奋力拼的想象：一头乌发挽成一个髻堆在脑后，上面花花绿绿地别着各式各样的发簪头饰，略带羞涩地穿行于弯弯曲曲的街巷。妇女们将她娇小的身躯团团围住，看她展示那些饰品，并向她学习如何用一根发簪将长发盘起……而父亲每次对祖母操持家务的描述，更是使我脑海中那个含辛茹苦的母亲形象由模糊转向清晰，由平面趋向立体，由孱弱变得伟岸。我仿佛看见墙衣剥落、光线忽明忽暗的小屋，简陋的家具和杂物壅塞得令人透不过气来，中年的祖母将一块豆腐干切成数份各放进一只小碟，为显公正用碗盖住，孩子们走过去凭运气挑上属于自己的那一份……每回父亲总能挑到最大的那份，他说那不是运气，碗碟上看似不经意的一枚葱花或饭粒，都是祖母给他的暗示。

祖母没进过学堂，却懂得许多做人的道理，并能“引经据典”。我祖父的哥哥是一位饱读诗书的秀才，不仅写得一手漂亮的毛笔字，还懂得九宫算盘，他早年闯荡南洋，年纪大了才又叶落归根返回故里。祖母喜欢引用他说过的话，每当有伙伴唤我出去玩、干扰我学习时，祖母就会果断地将我拦住，以告诫的口吻说："无好同伴不如独行。"正是由于祖母对知识的渴望和重视，她的八个子女读书都很用功。小时候我曾在老屋的客厅里见到过一面大镜，里面装着张发黄的大纸，书着"同胞三冠军"字样。祖母骄傲地告诉我，那是我大姑、大伯和二伯同时夺得不同年级的第一名，校长亲自颁发的奖状。

2

祖母八十岁那年，在外地工作的大伯突然去世。大伯走后好长一段时间，父亲实在瞒不住了才告诉她。那天她一直躲在"灶间"，不停地忙活，她似乎想借此消除一点失去爱子的痛楚。我站在门口往里望，看到她不停地偷偷抹泪。几年之后，我那当医生的三伯也得了不治之症。我们都清楚三伯在祖母心中的地位，他毕业于中山医学院，自愿到韶关山区去工作，在南雄当上了某医院院长，后又调到佛山的南海来。他不仅事业有成，且非常孝顺，常来信来电、寄钱寄物对父母表达关心和问候。父亲担心八十多岁高龄的祖母承受不住打击，决定对她封锁消息。每隔一段时间，他就要装模作样地在她面前朗读三伯的"家信"，编些故事哄哄她。

祖母坐在一把旧藤椅上，古铜色的藤条断了好几根，绾接着塑料绳，花花绿绿的，像梅雨时节长起的霉。晒着暖暖的太阳，她眯着眼，抿着嘴，一副陶醉的模样，最后父亲还要将三伯寄来的"家用"递到她枯瘦如柴的手里。这么过去了几年，祖母发现三伯还没回来看她，这才起了疑心。父亲只好又换了种说法，说他被光荣地选派到西藏去支边，为保密起见，单位规定不许与家人通信，要五六年后才能回家。谁会想到，五六年过去了，祖母依然活得好好的，依然惦记着她的三儿。那时我已经到深圳工作了，有一年回家，她眼眶红红地告诉我："你三伯恐怕是没了。"我安慰她说不会的。她不知道从哪里听来的，说西藏那边的自然环境十分恶劣，天寒地冻的，还有大群大群的野兽出没，三伯要想活着回来很难。不过，她不敢去问我父亲，不敢追根究底，我知道她心里什么都明白，只是最终还想给自己留下一线希望：她的三儿还活着，还像"老戏"（即潮剧）里的将帅那样戍守边关，隔着叠叠峰山重重峻岭遥望着她、思念着她，正如她遥望着他、思念着他那样。

老戏是祖母的最爱，记得小时候，常有剧团到家乡的露天戏院演出，妇女们总不愿错过这样的好机会，将家务活匆匆扔给男人们，呼朋唤友跑去观看。通常是先有一出折子戏，如餐前小吃给大伙开开胃，然后才是大鱼大肉般的正戏，让你过足戏瘾。每回祖母都要我陪着一起去，一场连着一场，一直看到深夜，我已经困倦不堪，她却精神足足地骂了一路。那些奸臣、悍妇、小人都是她痛骂的对象。由于看得多听得多，我随口就能唱出几句，《杨令婆辩本》《柴房会》，还有《回寒窑》那几出，我差不多能一句不漏地唱出来。祖母一有空就叫我过去唱几句，她边认真地听着边跟着轻轻哼唱，那专注的样子让人看一眼就再也忘不掉。可惜的是，潮剧后来衰落了，祖母再想过过戏瘾，只能看电视、听收音机了。到了晚年，她的眼睛不好使，还坚持坐在电视机前听戏，我父亲就在旁边陪着，边泡工夫茶边给她讲解，直到有一天她的耳朵也听不大清楚了。后来我终于明白过来，潮剧之所以那么吸引祖母，是因为它让一个平庸甚至艰辛的女人看到另外一种人生：

悲欢离合，大起大落，穷酸书生转眼间高中状元，善良民女不经意成了一品夫人……女性天生的浪漫蛰伏于祖母的骨子里，潮剧给了她想象的空间，以另外的形式满足了她的精神需求。

祖母最终没有盼到她的三儿。我常常想，好在还有天国，好在还有另一个维度的空间，能够容纳这对相互寻找的母子，能够容纳天底下那些令人心碎的亲情爱情友情……在那个月明之夜，他们母子终于团聚了，只可惜，只可惜是在另一个世界里。

3

祖母上了百岁之后，有些原本不怎么来往的亲朋戚友开始上门走动，他们带着孩子，给老人送来一点绵软甜香的小吃，然后与她攀谈，让孩子去摸摸她的手。母亲渐渐看出门道来，这些人是来沾祖母的“仙气”。他们觉得这位百岁老人的福气是可以传递的，可以熏染的，他们哪里知道，祖母的长寿其实是长期行善积德的结果。因凡事行善，才不愧心不后悔不害怕，每天踏实地睡去，神清气爽地早起，该吃饭吃饭，该睡觉睡觉，对困难和艰辛安之若素，怀揣美好的希望。她在物质生活相对丰富以后仍坚守质朴与勤俭，百岁高龄，依然坚持自己洗衣物做卫生，饮食的要求却极其简单，一碗白粥，一碟咸菜，一盘青菜，一尾鲜鱼。她从没放纵自己的欲望，也没过度消耗生命的元气。而不少祈求长寿的人，为了种种执念与欲望不肯放手，成天攥紧拳头绷紧心弦，以为只要坐在祖母的身边牵牵她的手就能得到福祉，其实不过是一厢情愿。祖母离世后，我和父亲、堂哥一起送她到火葬场，亲戚们开始帮我母亲打扫卫生，清理老人家的遗物，并趁机向我母亲要走了祖母平时所用的盘碗汤勺、衣服鞋子等物品，我大妹从床头的被单下发现了几张皱巴巴的零钱，也全分给了他们。在他们的眼里，祖母无疾而终、逝去如长眠更是一种修为，能得到一点她生前用过的东西，就是得到她老人家的祝福。

就在清理祖母房间之前，母亲悄悄问过我，要不要留下祖母的樟木箱做个念想，我理解母亲，她希望我也能得到祖母的荫庇。我却摇摇头，自认为已经悟出祖母厚福的真谛——她勤劳、坚韧、平和、达观、朴素、善良、包容……即使经历贫困、病痛、丧失亲人这样的不幸，也从不动摇她对人世间的大信。祖母仿佛不为悲苦所扰，喜乐随缘，对生活始终充满眷念，对他人竭尽所能地帮扶，凡此种种，才是她留给我们最最珍贵的财富。

4

去年中秋节前两天，母亲打来电话，说祖母情况不妙，要我放下手头的事回家一趟，趁她神志还明晰再让她看看。母亲说祖母最疼你了，声音堵得厉害，再也说不下去。回到家，祖母正躺在她那张老式的眠床上，眠床三面都是雕花的屏风，四角的柱子支撑起床顶，中间有层窄窄的木板，放着一只古旧的樟木箱子，里面是她的衣物，还有别的一些小东西。她蜷缩在被子里，脸颊明显地凹进去，露在被子外面的手脚瘦得像骨节上绷着一层皮。我牵着她的手，母亲俯身大声喊她，说宇儿来看你了。连喊数遍，她像是听到了，仿佛敛聚全身的气力微微地撑开眼睛，一丝湿亮的光在眼眶里游动。她的嘴巴动了动，终于发出了“啊啊”的声音。她说不出话，心里却是明明亮的。

走出祖母的房间，母亲告诉我，几天前，她突然来了精神，大声呼唤她的父亲母亲，又坚持要出来看看。母亲和大妹就将她搀到客厅，她的大声叫喊已经转化为梦呓般的独语，那意思是说，到那时人间的烟火蓬蓬地升起，她怎么过得去？母亲暗暗对我说，祖母不会是选择中秋节走吧？因为中秋拜神的烟火很旺。

中秋之夜八时，就在家家户户摆上香案准备燃香祭拜“月娘”之际，祖母真的告别了人世。她犹如一株老树，在尘世间经历一百零六载的风风雨雨，根深叶茂，泽被后世。她更像一条大河浩浩汤汤，将充盈的生命和无尽的爱输送给子孙后代，让他们支流般地分汊出去，奔赴更远大更开阔的境地。祖母生前无病无痛，走得安详，如瓜熟蒂落一般自然、圆满。望着月明星稀的夜空，我固执地认为，祖母是有意选择了这个美好的时刻跟我们告别的。迎着清凉的晚风，祖母的魂灵朝着有光的方向飘浮，飞升，融进柔软、明净的月光里，抵达永久的家园。这正如人们在安息礼拜上为她歌唱的那样，“仰望我家乡在那边，光明河生命树永不迁……”

总策划/出版人：
胡洪侠
策划编辑：
郭洪义
责任编辑：
钟婷
校对：
杨杰 王正尧 何杏蔚
装帧设计：
蒋南松
插画：
厚圃

图书在版编目（CIP）数据

草木人心 / 厚圃著. -- 深圳 : 深圳报业集团出版社, 2022.1
ISBN 978-7-80709-986-4

Ⅰ. ①草… Ⅱ. ①厚… Ⅲ. ①散文集－中国－当代 Ⅳ. ①I267

中国版本图书馆CIP数据核字(2022)第001311号

草木人心
Caomu Renxin
厚圃 / 著

深圳报业集团出版社出版发行
（深圳市福田区商报路2号 518034）
中华商务联合印刷（广东）有限公司印制
新华书店经销

开本：889mm×1230mm 1/32
字数：180千字
版次：2022年1月第1版 2022年1月第1次印刷
印张：7.25
ISBN 978-7-80709-986-4
定价：58.00元